Goosebumps®

SlappyWorld

Goosebumps®

SLAPPYWORLD

Goosebumps®

SLAPPYWORLD

Goosebumps®

SLAPPYWORLD

Goosebumps®

史賴皮 搞怪連篇 3

SlappyWorld

邪惡雙胞胎

I Am Slappy's Evil Twin

R.L. 史坦恩（R.L.STINE）◎著

向小宇◎譯

SLAPPYWORLD

大家好，我是史賴皮。

歡迎來到我的世界。

沒錯，就是史賴皮世界——你在這裡只能驚聲尖叫！哈哈哈！

你是不是覺得很幸運，我的奴隸!?我很幸運，因爲我是我！

哈哈。我是說，萬一我不是我，而是你呢？我根本連想都不想會有這種可能！

我長得太好看，每次照鏡子的時候，它都會求我不要離開它。

哈哈！我沒有出現在郵票上的唯一原因，只是因爲我不容許別人舔我！

哈哈哈！

有人知道什麼東西跟我的長相一樣棒嗎？

我也不知道！哈哈哈！

我實在太厲害，棒到我自己都起雞皮疙瘩了！

哈，你猜怎麼著？今天是你的幸運日。

你今天可以買一送一，得到兩個我。

讀完我的故事之前，不用感謝我。

當然，這是一個嚇人的故事，它是關於一名叫作路克·哈里森的男孩。

路克住在好萊塢，他的父親是恐怖片的製作人。

可憐的路克，故事結束之前他根本就是活在恐怖片中！他不只要尖叫求救，還眼花①了，因爲他家裡出現了兩個活生生的木偶！

你猜怎麼著？

我也許不是個好客人，但是要講個讓人毛骨悚然的精采故事，這可是我的拿手好戲。

我稱這個故事爲《邪惡雙胞胎》！

這只不過是史賴皮世界中又一個可怕的故事。

這句英文怎麼說？

玻璃般光亮的橄欖綠眼睛回瞪著他。
The glassy olive-green eyes stare up at him.

1.

傀儡師法蘭茲．馬哈一邊摸著自己的白鬍子，一邊凝視著自己正在製作的傀儡臉龐。

玻璃般光亮的橄欖綠眼睛回瞪著他。玩偶的木頭臉部還沒漆上顏色，光滑的嘴唇固定成一個虛假的笑容。

馬哈聽到工作室的窗戶外傳來綿羊的咩咩叫聲。

這個小村莊的農夫們，每天早上都把羊群趕到高處的牧場，然後在午後的太陽開始落下傾斜的山丘時，再將動物們驅趕下山。

這個村莊距離最近的大城鎮有八十公里，百年來幾乎沒有任何改變，奶牛、

山羊和豬隻肆意四處遊蕩，每天早晨馬哈都是聽著雞叫聲醒來的。

馬哈舉起一根長針，俯身在工作檯上，顫抖著手指開始把袖口縫合在木偶粗硬的白襯衫上。

他已經是個老人了，視力變差，雙手也不穩，誰能料想他曾經是倫敦劇院的當紅角色。他曾經創作出一個腹語術木偶，它是如此栩栩如生，讓觀衆嘖嘖稱奇，人們蜂擁到劇院觀賞他的表演。

他的人生曾經名利雙收，快活恣意。

然而，好景不常。他和一名魔術師——坎都同臺演出。坎都旋轉一只紅斗篷，就能讓任何事物出現或消失，成爲廣受觀衆愛戴的大明星。

他們兩人成了朋友。馬哈很信任坎都，所以，他自始至終都沒有意識到，坎都的魔術來自黑暗之處，等到他發現時，一切都爲時已晚。

坎都其實是個巫師。

他會施法，而他的法術都是邪惡的。

他善於操控人心，讓他們說出違心的話，或做出不想做的事情。

這句英文怎麼說？

他會施法，而他的法術都是邪惡的。

He could cast spells, and his spells were always evil.

馬哈從坎都那裡學到了很多魔術，但是他並沒有意識到，坎都擁有邪惡的一面，直到某一天，當馬哈在後臺準備要進行表演時……

馬哈打開裝著他的表演木偶「伍德先生」的黑色長箱，他彎下腰，正要從箱子裡取出木偶。

「噢！」馬哈大叫一聲。木偶的木手往上一揮，猛力擊中了他的下巴。

「把你的手拿開！」伍德先生大吼道。馬哈站在那裡揉著疼痛的下巴，不可思議地盯著木偶瞧。

「從現在開始由我來操控②！」木偶大聲宣布。

他再次揮動他的木頭拳頭，打在馬哈的肩膀上。

馬哈倒退了幾步，這時才意識到究竟發生了什麼事。

坎都對木偶施了法術，把他的邪惡魔法灌注到馬哈創造出來的木偶裡，讓伍德先生活了過來！

馬哈嚇壞了，他重重關上箱子，就這樣把它留在舞臺上——他再也不想看到那個木偶。

他趕緊收拾包袱，搭船前往美國。

馬哈急著逃離，一心只想擺脫那個邪惡的木偶。他躲在一個小農村裡，蓋了間小木屋和工作室。

他獨自一人安靜地生活，不去結交任何朋友。他僅有的朋友都是他一手製作出來的。

他在工作室裡製作出來的傀儡和玩偶，每一個都堪稱是藝術品。他親手仔細雕刻出木製的頭和手，幫它們畫上臉孔，還幫它們縫製服裝。

他賦予它們個性，自己表演傀儡戲和腹語術給自己看。

偶爾，他也會使用從坎都那裡學到的魔法。在某些夜裡，他會讓傀儡和木偶活過來。他這麼做完全是因爲寂寞——他需要有人和他說說話。

所以今天，伴著窗外咩咩叫的綿羊、咯咯叫的雞，馬哈對著最新的作品進行最後修飾。

他用一枝小畫筆，輕柔地爲木偶的臉頰上色。

「你是用最好的硬木製作的。」他對木偶說，「而且我用我學來的魔法賦予

這句英文怎麼說?

你將永遠聽命於我。
You will obey me at all times.

你生命。」

仰躺在工作檯上的木偶眨了眨光亮的眼睛。

「你將永遠聽命於我。」馬哈邊說邊扶著木偶坐起來，還幫木偶上過蠟的棕色皮鞋繫上鞋帶。

「我灌注在你身上的魔法可能會有危險，所以你必須受控於我。你千萬不能有任何憤怒或殘忍的想法。」

木偶再次眨眨眼。

它能理解馬哈的話嗎?

馬哈本來要對他創造出來的產物下達更多指示，但被木屋門上傳來的敲門聲打斷了。

他嚇了一大跳：「是誰這麼用力敲我的門?」

聽起來不止一隻手在敲門，而且力道大得足以把門打破。

「來了，來了。」馬哈喃喃道，將木偶平躺放回工作檯上。

他用老邁的雙手抹了抹連身服，然後一瘸一拐地走到門口。

他慢慢拉開門，隨即嚇得倒抽一口氣。

整個村莊的人都來了！

馬哈掃視那些面色凝重的男男女女們，看得眼睛都花了。他們至少有二十幾個人，馬哈感覺自己的腿開始微微打顫。他勉強提起精神仔細看，有些人帶了火把，站在人群最前面的幾個男人手裡還拿著手槍。

馬哈感到喉嚨一緊，呼吸困難。

他好不容易恢復聲音，開口問道：「你們想要什麼？你們爲什麼在這兒？你們想做什麼？」

2.

村民們不約而同大聲說話，朝他憤怒地揮動拳頭。火把上的火焰往前飄，像是在對他發動攻擊。

男人們高舉著手槍示警。

「拜託不要……」馬哈乞求著。「拜託……」

兩名穿著連身服的農民低下肩膀將馬哈從門口推開，害他步伐不穩，跌靠在牆上，村民們喊叫、咒罵著闖進他的木屋裡。

村民擠滿了馬哈的前廳，他們生氣地揮動燃燒的火把，還把一個花瓶撞倒在地板上。

這句英文怎麼說?

男人們高舉著手槍示警。

Men raise their pistols high in warning.

在咆哮聲中，馬哈試圖要聽清楚他們說的話。

「拜託解釋一下這是怎麼回事……」他懇求道。

兩名農夫走向他。他們的體型壯碩，高頭大馬，連身服被肥胖的肚子撐大，褲管上還沾滿泥巴。

其中一人是禿頭，另一人的一頭蓬鬆金髮披散在臉上，兩人脹紅的額頭上滿是汗水。

禿頭的那個開口說：「我是巴斯特．貝里。這是我的鄰居，賽斯．強生，你應該在村子裡見過我們。」

馬哈點點頭。

他們不懷好意地看著他。

「你很清楚自己幹了些什麼事。」貝里凶狠地說道。

「不……」馬哈結結巴巴地辯解。「我……我什麼也沒做。」

「就是你給我們村子帶來了厄運。」農夫咬牙切齒地說。

「沒錯，就是你！」強生一邊強調，一邊揮舞著他的大拳頭。「我們村子毀了。

這句英文怎麼說?

邪惡日復一日地蔓延開來。

The evil spreads from day to day.

農作物都枯萎死亡了。」

「但是……但是……」馬哈急得說不出話。

強生舉起手示意他安靜：「奶牛擠出來的牛奶都是酸的。」

「昨天，我的農場裡生出了一隻雙頭山羊。」貝里咆哮道。「邪惡日復一日地蔓延開來，而你，就是給我們帶來邪惡的人。」

聽了他的話，村民們開始大聲表達他們的憤怒。馬哈看見有些人舉起拳頭往前移動，準備要攻擊他。

他試圖辯解，但是他們的吶喊聲淹沒了他的聲音。

「是玩偶！」一個女人大喊道。她披著一條灰色長圍巾，圍巾下的面孔因憤怒而發紅。「快看！那裡有個新的！」

他們轉向躺在工作檯上的玩偶。

「玩偶！是那個玩偶！」

「毀了它！」

「這個玩偶很邪惡！看看那張邪惡的臉！」

貝里一把抓著馬哈的衣服前襟：「你的玩偶給我們村莊帶來這麼多不幸。」

「不——不——」馬哈結結巴巴說道。「不是的，你們弄錯了。它們只是用木頭和布料做的玩偶。」

所有村民的目光都集中在馬哈的木偶身上，他們的臉孔因恐懼而扭曲著。

「邪惡！邪惡！邪惡！」一些村民開始齊聲喊。

「惡靈！殺死惡靈！殺死惡靈！」

貝里把馬哈推到一邊，然後走向工作檯。

「不！」馬哈尖叫道，但卻無力阻止他們。

貝里抓著木偶的腰部，將它高舉過頭。

突然間，叫喊聲停止了。小屋裡悄無聲息。木偶的手臂和腿自貝里強壯的手中毫無生氣地垂下，它的頭向後仰，眼睛茫然地凝視著天花板。

「拜託……」馬哈哀求著。「這個玩偶是我一生的傑作！我花費了好幾年的時間才完成。我求求你們……」

農夫低下肩膀把馬哈擠開，馬哈被迫踉蹌後退直到靠著工作檯。兩個農夫開

這句英文怎麼說?

燒掉它！

Burn it!

始走向門口，群衆紛紛讓出空間讓他們離開。

「燒掉它！」有人喊道。

「把玩偶燒掉！」圍著灰色圍巾的女人喊道。

「燒了它！燒了它！」

農夫們陸陸續續從小屋裡走出來。貝里仍然高舉著玩偶。

馬哈站在木屋門口，看著村民們一起動手燃起篝火。他的心跳得很快，全身微微顫抖，覺得自己的心臟可能會突然爆裂。

村民們的恐懼仍然在木屋裡徘徊不去，他無法從腦海中抹去他們帶著憤怒的臉孔。

這是怎樣的仇恨和迷信！這些人怎麼能懷疑一個無辜的玩偶，會給他們的村莊帶來厄運呢？

村民們默默地動手準備。他們在馬哈木屋對面的泥土路上，高高堆起樹枝作爲柴薪。

他們將乾枯的樹葉灑在底部，好讓火勢能迅速燃起。

沒多久時間，一座小山高的木材堆就完成了。

馬哈聽到遠處的牧場傳來山羊悲傷的咩咩叫聲，他試著想像那隻雙頭山羊的樣貌。

當村民降下火把點燃柴堆時，他還陷在想像中。

火焰很快就點燃了，馬哈屏住呼吸看著火舌爬上樹枝堆。

當火焰蔓延到頂端時，火堆發出劈啪聲，橙黃色的烈焰舞動跳躍著。

村民們在篝火周圍圍成一個圓圈，馬哈看著他們被火光映照而發亮的急切面孔，他們都因爲興奮而張大眼睛，唯一的聲音是樹葉和樹枝發出的劈啪聲。

強生長長的金髮因爲火光而散發著光芒，他用一聲嘶吼打破了沉默：「惡靈再見！」

「惡靈再見！」村民們大喊道。

「惡靈再見！再見惡靈！」

當貝里將木偶拋入火焰中，馬哈忍不住驚喘。火焰包圍了木偶，它的西裝外套和褲子瞬間著火。

這句英文怎麼說？

火焰包圍了木偶。
The fire swallows the dummy.

接著，馬哈從木屋的門口看著大火吞噬木偶。

它就這樣消失在火焰漩渦中，彷彿被一口吞噬了。

然後，在洶湧舞動的火焰中，一聲痛苦、駭人的哭號，迴響在沉默的圍觀者之中。

3.

當尖叫聲憑空爆出時，所有的目光都轉向小木屋。

叫聲出自馬哈，他就站在那裡，雙腿打顫，嘴巴還未闔上，喉嚨因撕心裂肺的吶喊而刺痛著。

貝里和強生轉過身大步走向馬哈。貝里伸手指著馬哈說：「你必須停止從事這個邪惡的工作。」

「如果你想繼續留在村裡……」強生隨後補充道。「如果你不想死，最好把我們的警告當一回事，別再做這種邪惡的工作了！」

馬哈嘆了口氣，傷心地搖搖頭，眼睛看著地上喃喃自語：「我的工作結束了。」他的肩膀微微顫抖，聲音破滅：「你們已經毀了我一生的傑作。」

那兩位農夫狠盯著他良久，馬哈可以從他們眼中看見憤怒和恨意。

他看著他們轉身回到村民和劈啪作響的篝火旁。

馬哈用力關上木屋門。他靠在門上等呼吸平復，然後擦去鬍子上的汗水。

「傻瓜……」他喃喃道。「愚蠢的傻瓜。」

他從小屋的窗戶偷偷望出去，確定附近沒有人了，然後穿過房間走到工作室後面隱藏的一扇門前。他用顫抖的手打開門，開了燈。他抬眼看著架子上的兩個木偶——它們並排靠在裡面的牆上。

「他們眞的以爲我會這麼容易就放棄我的寶貝木偶嗎？」他對著它們說道。

木偶死氣沉沉地直視前方。

這些木偶長得一模一樣，唯一的區別只有其中一個的眼珠是橄欖綠的，另一個則是黑色的。

馬哈輕輕笑道：「一群傻瓜……他們眞的認爲我只有一個木偶嗎？」

他把綠眼睛的木偶從架子上取下來抱在懷裡。

這句英文怎麼說?

他的肩膀微微顫抖

His shoulders tremble.

「他們永遠不會得到你們。」馬哈對著木偶說：「我的朋友。我眞正的朋友。」

「傻瓜！」木偶用尖細的聲音喊道。「傻瓜！」

然後，兩個木偶同時仰頭張嘴笑了起來。馬哈也和它們一起笑著，直到他眼中充滿了淚水。就這樣，他們三個把這當作是笑話開懷大笑，久久不止。

4.

嘿，大家好，我是路克·哈里森。我就是那個長著一頭紅髮，在車庫工具箱裡東翻西找，想弄明白十字螺絲起子（譯註：Phillips screwdriver，又稱「菲利浦螺絲起子」，是以發明人 Henry Phillips 命名。）長什麼樣的小孩。

沒錯，我十二歲了，現在應該對工具有更多了解，不過我不是很擅長機械。

我的意思是說，我建造過最複雜的東西只有雪人！

開玩笑的啦！事實上，我這輩子從來沒有建造過任何東西，直到現在——我們爲了參加學校的比賽，需要建造一架無人機。

「快點，路克！我沒辦法一直拿著這個！」

這句英文怎麼說？

我不是很擅長機械。

I'm not the mechanical type.

那是我妹妹凱莉，她正在車庫另一邊把兩個無人機的骨架靠在一起。凱莉其實也幫不上多大的忙。好吧，她還滿擅長拿東西的，而且她很善於指出我們做錯了什麼，所以我想應該很有幫助。

幸運的是，我們的朋友賈馬是個機械天才。

我是說眞的，他是這方面的天才。他在包尿布的年紀就已經可以用樂高拼出跟他家客廳一樣大的城市。

我們現在正在組裝的「自製無人機」組合就是賈馬買來的。他把所有零件在車庫裡攤開來後，因爲不是很喜歡說明書上寫的指示，所以把它們扔掉了。

他說他可以做得比說明書更好，我們也對他有信心。

無人機完成後體積會非常大，比我們的除草機還大。沒錯，而且它會飛。爸爸還特地買了一大罐瓦斯，等無人機造好就可以幫它加油。

我知道我們一定造得出來，只要我找得到十字螺絲起子！我把工具箱裡的東西翻來翻去，想找到螺絲起子。

「有黃色手柄的那個！」賈馬喊道：「在最上面！」

這句英文怎麼說？

給賈馬一點空間。
Give Jamal some space.

你看，他甚至可以從車庫另一邊一眼看到螺絲起子。

我說過了，賈馬是個天才。

我把螺絲起子遞給他。凱莉將兩片鋁塊放在一起，賈馬將它們固定好，輕鬆地擰緊螺絲起子，直到再也轉不動爲止。

「這塊零件是什麼？」我拿起一條狹長的鋁片問道。我拿著它在賈馬面前揮了揮說：「這可以打造成一把超棒的劍。」

「那是螺旋槳的其中一片，」賈馬說，「我們還沒做到那一步。」

「給賈馬一點空間。」凱莉把我趕開。

凱莉比我小兩歲，卻很有老大架式。

她常常叫我讓開，好讓賈馬做事。

她是家裡的老么，長得可愛，又有一頭金髮，臉頰上還有酒窩，所以她認爲自己很特別。

我可不是眞有那麼尖酸刻薄。

其實凱莉和我相處得很不錯，尤其是當我照著她的話去做的時候。

「接下來我們要這樣做——」賈馬說，「我們要按照正確的順序來進行，首先是飛機骨架，然後是螺旋槳，接著是馬達。」

我把手上的螺旋槳片放在其他的螺旋槳片旁，轉過身去研究靠著牆排列的馬達。無人機有四個馬達，我們幫馬達配備了特別的電池，還有一個用在機身後面的小型瓦斯罐——我猜是爲了升空用。

凱莉和賈馬開始組裝另一邊的飛機骨架。午後的陽光落在樹木後面，使得陰影籠罩著車庫。

我走向後面的牆，打開車庫燈。

「可別說我都沒幫忙喔！」我大聲對他們說，但是沒人理我。

我一轉身，絆倒了高大的瓦斯罐。瓦斯罐很大一罐，差不多比我還高出九、十公分，看起來就像裝在我們家地下室的熱水器。

我不小心撞到它後，驚恐地看著罐子歪向一邊，眼看就要翻倒。

我手忙腳亂想抓住它，但是它太重，就從我的手中滑走了。

就像做噩夢一樣，整件事似乎是以慢動作發生：瓦斯罐正要倒下，就快撞上

這句英文怎麼說?

我們要按照正確的順序來進行。
We do it in the right order.

車庫堅硬的混凝土地板。
我再次試著抓住它但沒抓到。
我尖叫:「小心!它要爆炸了!」

5.

我氣喘吁吁向前衝去，用雙臂抱住高大的金屬罐。「哦！」我一邊呻吟一邊撐住，想要把罐子扶正。

我奮力一拉，終於設法讓罐子站立起來。

我能感覺到心臟在胸腔裡激烈跳動著。

我轉過身，看到凱莉和賈馬正盯著我看——他們仍然保持跪在車庫地板上的姿勢一動也不動，手裡還握著無人機的骨架。

「路克，你是在開玩笑嗎？」凱莉責問道。

「是就好了。」我一邊嘟囔，一邊擦著額頭上的汗水。

賈馬瞇起眼睛看著我說：「你的意思是，你差一點就把這裡變成恐怖片現場？」

我點點頭。

我們經常在家裡談論恐怖電影，因爲那是我爸爸的工作。爸爸是恐怖屋影片公司的老闆，專門製作恐怖電影。

如果你喜歡看恐怖片，可能看過他的某些電影。《二千磅達克斯獵犬的攻擊》有聽過嗎？還有《辛辛那提郊區怪物》？他至少製作了十幾部這樣的影片。

爸爸常把很多電影中使用的道具帶回家，像是令人毛骨悚然的面具和服裝，以及各式各樣的骷髏和怪物頭骨。

他會把道具借給我們玩。凱莉和我都覺得很有趣，我們會用它們在地下室演出恐怖片。

爸爸帶回家的東西有些還滿貴重的，他會把那些東西收在閣樓裡，他稱之爲他的「恐怖博物館」。

他總是說我們十分幸運：「好萊塢丘上，有多少房子裡面是藏有恐怖博物館

這句英文怎麼說？

你是在開玩笑嗎？

Were you joking?

的？」

答案當然是「一個都沒有」。

我還小的時候，曾經做過關於閣樓裡可怕的東西的噩夢。我夢到骷髏和怪物雕像都活了過來，在我樓上打架。

有好幾次，當我尖叫著驚醒時，眞的以爲我聽到那些怪物在樓上發出砰砰的撞擊和咆哮聲。

爸爸總是會安撫我說：「怪物只有在電影中才會活過來，現實生活中從來不會發生，一次也沒有。」

我大概九歲還是十歲的時候，就不再做那種噩夢了。

我仍然緊抱著瓦斯罐，看著凱莉和賈馬。

「你眞是個混蛋。」凱莉站起來說道。

她喜歡在罵我的時候站著，這麼一來她可以把雙臂叉在胸前，看上去很生氣的樣子，就像媽媽一樣。

媽媽和她的新丈夫住在凡里，我們每隔一個週末都會和她待在一起。

這句英文怎麼說？

怪物只有在電影中才會活過來。
Monsters only come alive in movies.

「爸說過，不要靠近瓦斯罐。他說要遠離它，除非他在場。」凱莉說。

賈馬點點頭，再次提醒我們：「我們可不想置身在恐怖片當中。」

接著，車道上傳來奇怪刺耳的聲音：「嗅，孩子們，你們已經置身其中了！」

「啥？」我轉向敞開的車庫門，隨即嚇了一大跳。

凱莉尖叫起來，賈馬也嚇得把無人機掉在地上。

我難以置信瞪大了眼睛——兩個一模一樣的腹語術木偶，活生生地站在那兒開口說話！

6.

兩個木偶大約有九十公分高，穿著相同的灰色西裝、紅色領結，鞋子黑得發亮。他們的眼睛很大，臉上畫著的醜陋紅唇咧得開開地笑著。

「你們……你們……」我試著要說些什麼，可是實在嚇壞了，發不出聲音來。

「你們現在深陷恐怖的世界裡！」其中一個木偶咆哮道，聲音高亢而嘶啞。

「歡迎來到我們的世界！」

賈馬跳了起來仔細看著這兩個木偶。「誰在那裡？」他大喊道。「誰讓他們說話的？」

「誰在操控你的繩子？」其中一個木偶大聲說道。

這句英文怎麼說?

誰在操控你的繩子？
Who is pulling your strings?

「從現在開始由我們來問問題！」他的雙胞胎表示。

凱莉往後退開遠離車庫門，賈馬則僵在原地困惑地盯著他們。

我笑了，大叫：「爸爸，是你嗎？厲害唷~你嚇到我們了，我們大概被嚇了一秒鐘吧！」

沒有回音。

兩個木偶用紅色的嘴唇對著我們咧嘴大笑。我看到其中一個有橄欖綠色的眼珠，另一個則是黑色的，此外根本無從區分他們。

綠眼睛的木偶走進車庫，看起來像是在沒有人操控的情況下走路。

「爸爸？」我喊道。「你在外面嗎？」

「他是遙控的。」賈馬說。他用力盯著木偶看：「就像我們小時候玩的那些遙控車一樣。」

「就像我們正在組裝的無人機一樣。」凱莉說，「爸爸一定是在附近控制他們。」

「你爸爸是吐司！」綠眼睛的木偶邊說邊往我們的方向走近了一步。

「你爸爸是奶油吐司！」他的雙胞胎補充道。他的嗓音粗糙又沙啞。

綠眼睛的木偶轉過身說：「那一點意思都沒有，蠢材。奶油吐司？到底什麼意思？」

「不要對我那麼挑剔，我覺得很好笑啊！爲什麼你就不能對我好一點？」

「因爲你是笨蛋，即使是以木偶的標準來看。」

我搖搖頭，喊道：「爸爸。我們喜歡你的搞笑表演，但現在已經不好玩了。」

沒有回音。

「你確定他們是遙控的？」凱莉問賈馬。

他聳了聳肩說：「不然他們還能是什麼？」

「是你們的新主人！」木偶們齊聲說。

然後我聽到車道上傳來一聲喊叫聲：「嘿！孩子們？孩子們？你們在車庫裡嗎？」

是爸爸。

我偷笑：「他還在假裝不知道我們在哪裡。」

這句英文怎麼說？

不要對我那麼挑剔。
Don't pick on me.

木偶們瞬間倒成一團。他們雙腿一彎，直接癱在車庫地上，木頭做的大頭撞到混凝土時還彈跳了一下，然後就那樣靜靜躺著再也沒有動作。

爸爸出現在車道一端，微笑著向我們點點頭，可是當他看見地上那兩個皺巴巴的木偶時，臉上的笑容消失了。

爸爸抬起眼睛看著我說：「嘿，你們爲什麼從我車上把木偶拿走？」

「沒有啊，」我說，「我們沒拿。」

爸爸對我們皺了皺眉：「對，不是你們，是他們自己站起來走路！」一抹笑容在賈馬臉上蔓延開來：「哈里森先生，我們已經知道他們是可遙控的啦！」

爸爸用一隻手揉了揉鬍鬚，灰白色的短鬚幾乎遮蓋住大部分的面孔，黑色的頭髮往後梳，露出寬闊的額頭。

爸爸的眼睛是淡藍色的，看起來似乎總是在審視著你，好似它們正在向你發出射線。

他非常精瘦，看起來比實際年齡四十歲還年輕。他的穿著也像年輕人，每天都穿著同樣的服裝——黑色的搖滾樂隊T恤和直筒牛仔褲。

「賈馬，你過來檢查一下木偶。」爸爸說。「他們不是遙控的。他們不是機器人或任何東西，就只是木偶。」

賈馬走過去拾起一個木偶。木偶的手和腳毫無生氣地垂懸著，頭也向後傾斜。

「他比我想像中還要重。」賈馬說著壓了壓木偶的身體中間，「沒有控制器。」

「但是，爸……」凱莉試著說些什麼。

「他們走進車庫。」我說：「他們對我們說話。是你裝出他們的聲音，對吧？」

爸爸搖了搖頭。

「不是我。我當時正在把買來的東西拿進屋子裡。」他的藍眼睛鎖定在我身上。「哦，我明白了。你們正在編寫恐怖片的劇本。是演出的新點子？聽起來你們好像有個不錯的開場喔！」

「爸，你一定要相信我們，我們不是在編故事！」凱莉說。我能從她的聲音聽出她的沮喪，還有一點害怕。

這句英文怎麼說？

他的藍色眼睛鎖定在我身上。
His blue eyes locked on me.

爸爸笑了笑說：「別跟愛開玩笑的傢伙開玩笑。」

他從賈馬手中接過木偶。「我希望你們一直都有練習驚嚇的尖叫聲。」他說。

凱莉張大了嘴，發出刺耳的嚎叫聲。

「太棒了，妳會成爲大明星的！」爸爸說。

「眞不敢相信我們會出現在你的新片中，哈里森先生。」賈馬說。

「拍群衆場景的時候需要很多臨時演員。」爸爸回答道。「你知道的，一群人慌張地在街上尖叫奔跑。」他把另一個木偶也放在肩膀上。「當然，這兩個傢伙才是主角。」

「這部電影叫什麼？」凱莉問道。

「《我的木偶另一半》。我們對電影名稱進行了市場調查，結果獲得百分之九十八的支持率。」

「那算好嗎？」我問道。

我是在開玩笑，可是爸爸沒弄明白。

他把其中一個木偶塞到我懷裡說：「路克，幫我把這一個拿到閣樓去。」

我接過木偶扛在肩上，跟著爸爸往家裡走去，木偶的手在我走動的時候打在我的手臂上。

我感覺到木偶的手指握住我的手腕。我停下腳步。

「唉唷！」手指一再收緊，陷入我的皮膚裡。

「爸！」我大叫。「爸——救命！他弄痛我了！」

7.

爸爸急忙轉過身來。

「我的手……」我呻吟道。

他瞇著眼睛看著我。「怎麼了？」

木偶的手臂現在癱軟地下垂，手掌毫無生氣地垂在靠近草地的地方，一點都沒碰到我的手腕。

「他……他剛剛抓住我的手腕。」我結結巴巴地吐出這句話，手臂上仍然傳來陣陣疼痛。

爸爸翻了個白眼：「路克，得了吧！開玩笑也得有個限度，知道嗎？」

這句英文怎麼說？

爸爸翻了個白眼。

Dad rolled his eyes.

「爸，這不是開玩笑。」我邊說邊舉起手腕：「看，我的手臂都紅了。」

「我看還好。」爸爸回答道。「你爲什麼這麼做，路克？如果你不想參加電影演出，可以直接告訴我就好。」他捻了捻鬍鬚：「你眞的害怕這兩個老舊的傀儡嗎？」

「不，才沒有！」我說。

我看得出爸爸並不相信我，於是閉上嘴，跟著他沿著陡峭的閣樓樓梯走上恐怖博物館。凱莉和賈馬跟在我們身後。

閣樓又深又寬，兩端各有雙開窗，天花板並不高，黯淡的暮色從我們頭頂上的天窗流瀉而下。

深色的地板老舊不緊實，走在上面會嘎吱作響，非常適合恐怖博物館。

爸爸打開天花板燈，玻璃展示箱全部亮了起來。這些箱子裡全是一層又一層的架子，上面排滿來自以前恐怖電影中的珍貴物件。

我瞥了一眼來自木乃伊電影中的木乃伊手，還有最初的《科學怪人》(*Frankenstein*)電影中，科學怪人穿的巨大鞋子，以及來自《大白鯊》(*Jaws*)的鯊

這句英文怎麼說?

我比較喜歡科幻電影。
I like sci-fi movies better.

魚下顎。

我們經過一面掛滿老電影海報的牆,有《黑湖妖潭》(*The Creature from the Black*)、《半夜鬼上床》(*Nightmare on Elm Street*)、《殺不死的大腦》(*The Brain That Wouldn't Die*)……

賈馬落在最後面,我注意到他的眼睛直直看著前方,完全不看任何展示品或海報。

他一直都不喜歡上來這裡。他堅稱自己沒有害怕,只是並不喜歡看恐怖片而已。

他說:「我比較喜歡科幻電影,科幻電影裡有各種驚奇的機器人、虛擬實境,還有未來的機器。」

完全就是賈馬會說的臺詞。

爸爸帶著我們來到一個空的玻璃展示箱。他把木偶放在上面,又從我手上接過另一個木偶。

我揉了揉手腕,那裡仍然隱隱作痛。「如果你的電影需要他們,爲什麼又要把他們鎖在閣樓上呢？」我問道。

「因爲他們非常珍貴。」爸爸說。「我必須確保他們安全無虞。」

「那麼，電影結束之後呢？」我問道。「你還會把他們收在這裡嗎？」

爸爸搖了搖頭：「不，我會賣掉他們。我知道有兩個收藏家非常想把他們弄到手③，一個在帕沙第納（譯註：Pasadena，位於美國洛杉磯東北角。），一個在北京。你相信嗎？賣掉這些木偶可以讓你付大學學費呢！」

「哇，他們也太値錢了吧！」凱莉說。

「你的意思是，你要把他們分開？」賈馬眼睛盯著木偶瞧：「他們不是……兄弟嗎？」

「對啊，他們是同卵雙胞胎。」凱莉說。

爸爸笑了：「木偶沒有兄弟，他們只是木偶。你們這些孩子是怎麼回事？他們又不是活的，他們只有在電影裡才會活過來，就像我正在製作的電影那樣。」

我們不再說什麼。

我凝視這兩個笑嘻嘻的木偶，有一種非常不好的預感。

這句英文怎麼說?

他們也太值錢了吧!

They're totally valuable.

「幫我把他們放進箱子裡。」爸爸說。

凱莉拿起一個,我拿起另一個。

爸爸掀開玻璃蓋,我們將木偶放入箱子中,讓他們面朝上躺著,手臂放在身體兩側。木偶無神的雙眼直視著天花板。

爸爸用一把銀色的鑰匙小心翼翼鎖上箱子,他把鑰匙放在我們對面的桌子上說:「不要拿他們來玩,好嗎?不要把他們從箱子裡拿出來。」

「沒問題。」我邊說邊揉著手腕。

我必須老實說,我喜歡恐怖電影。事實上,爸爸拍的所有電影我都喜歡。但是,這兩個笑嘻嘻的木偶讓我毛骨悚然④,我真的很高興他們被鎖在箱子裡。

「無人機的進展如何?」爸爸問賈馬。

「還不錯!」賈馬回道:「骨架幾乎都組好了,我們應該能夠在這週結束前裝上螺旋槳。」

「太好了!」爸爸說。「什麼時候需要我幫忙把瓦斯灌進無人機?」

「也許下個週末吧。」賈馬說。

「太棒啦！」爸爸說。「我等不及要讓它飛越鄰居家，把他們嚇個半死[4]。」他笑道。

「你眞的很喜歡嚇唬別人耶，爸。」凱莉說。

爸爸還沒來得及回話，手機就響了，鈴聲是一個女人的驚恐尖叫聲。他瞥了一眼螢幕說：「我必須接這通電話。」他把手機舉到耳朵邊，然後走下樓梯。

我從玻璃櫃旁退開來，對凱莉說：「那兩個木偶是眞的在說話，對吧？妳也聽到了。」

「是爸爸弄出來的！」凱莉說，「一定是這樣，他在耍我們。」她沿著展示箱的走道徘徊。「你見過這些東西嗎？」她問賈馬。「那是爸爸的新收藏，吸血鬼的獠牙。他幫每個都貼上小標籤，還標註是來自哪部電影。」

「妳爸很怪耶！」賈馬說。「我是說，我喜歡他，他是個好人，但是他很怪。」他打了個冷顫。「我們現在可以下樓了嗎？」

「好主意！」我說，開始走向閣樓樓梯。

但是當我聽到某種聲音時，不禁停下腳步。

這句英文怎麼說？

你爸很怪耶。

Your dad is weired.

噠，噠，噠……

有一隻啄木鳥總是試圖在我們家挖洞，所以我剛開始還以爲是窗戶邊的鳥兒發出的聲音。

噠，噠，噠……

我轉向聲音源頭，居然是來自木偶的展示箱。我很快看了凱莉一眼，她因爲震驚眼睛張得大大的。

我朝玻璃櫃邁了一步。當我看到其中一個平躺的木偶舉起一隻木頭手時，嚇得倒抽一口氣。

噠，噠，噠……

他舉起手，開始用力砸向蓋子。

噠，噠，噠……

8.

嗟，嗟，嗟嗟嗟……

「不！」我大喊。「這不可能！」

「他……他正試著推開蓋子爬出來！」賈馬大聲說道。他往後退了幾步，臉孔因爲恐懼而扭曲著。

「這不可能……」我低聲說。

「爸！」凱莉尖叫起來。「爸，你快來！」

沒有回應。

我說：「他沒聽到，可能走到辦公室講電話了。」

這句英文怎麼說?

我們快點離開這裡!

Let's get out of here!

噠噠噠。

「爸!爸……爸!」凱莉繼續尖叫。

沒有回應。

當另一個木偶也把雙手伸到玻璃蓋開始捶打時,我不禁屏住呼吸。現在,兩個木偶一起用他們的木頭手,對著蓋子又推又敲的。

「我們快點離開這裡!」賈馬喊道,聲音充滿驚恐。

「不,等等……」我說。「等等,我有個主意。」

噠噠噠噠。

賈馬正往樓梯的方向走到半路。「什……什麼主意?」他結結巴巴地說。

「我們把他們放出來。」我說。

凱莉發出一聲吶喊,賈馬則吞了吞口水。

「你瘋了嗎?」凱莉大聲說道。「讓他們出來?」

我點點頭,從牛仔褲口袋裡拿出手機:「沒錯。我們打開箱子的鎖,放他們出來。他們一定會爬出箱子跟我們說話,就像在車庫那時候一樣。」

我敲敲手機：「我會把整件事都錄影起來，可以向爸爸證明我們之前沒有撒謊。到時候他就不得不相信我們，他會親眼看到木偶眞的會走路和說話。」

「不行！」賈馬搖了搖頭大聲反對。「不行，路克。那太瘋狂了，而且太危險了。」

「賈馬說得沒錯。」凱莉說。「他們太嚇人了，我們不知道他們出來之後會做什麼。」

「而且，我們要怎麼樣讓他們再回到箱子裡？」賈馬質問道。

「我們得找爸來。」凱莉瞥了一眼樓梯說道。

「我們得讓爸爸相信我們。」我說。「他認爲我們在開玩笑。他認爲整件事都是我們編出來的。」

噠，噠，噠噠噠——

「我……我害怕。」凱莉說。「萬一……」

她沒有把話說完。

「我也很害怕。」我承認。「這就是爲什麼我們必須讓爸爸相信我們。等他看到影片時，就會知道我們沒有撒謊。」

「不，拜託……算我求你。」賈馬邊說邊退回到樓梯間。「拜託你不要這樣做，路克。」

我看看凱莉，又看看賈馬。

噠，噠噠，噠——

我們該怎麼做？

我伸出手去拿鑰匙……

這句英文怎麼說？

不行！

No way!

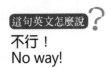

SLAPPYWORLD

大家好，我是史賴皮。

去吧，路克，把蓋子打開吧！

反正，你有什麼好損失的呢？

我保證，我哥哥和我不會做任何壞事。

你永遠可以相信來自邪惡木偶的承諾，對吧？哈哈哈哈！

我們只是想要在閣樓裡逛逛，搞不好會順便拿走一些紀念品，比如說……

你的頭！哈哈哈。

你覺得路克會打開蓋子放我們出去嗎？好吧，我們馬上就會知道。不過在我們回到故事之前，讓我給你上一堂拼寫課。

「路克」也可以拼寫成「魯蛇」。

哈哈哈哈！

這句英文怎麼說？

我在裡面待到腿抽筋了。
I was getting a leg cramp in there.

9.

我按下手機的「錄影」鈕，然後把它交給凱莉。她害怕得差一點失手讓手機從她濕冷的手中摔到地上。

「路克……別這麼做。」樓梯間傳來賈馬的請求。

但是我不理他。我知道我該做什麼。

我轉動插在鎖孔上的鑰匙，然後抬起玻璃櫃的蓋子。

「嗯？」兩個木偶立刻彈坐起來時，我們全都忍不住倒抽了一口氣。

「感謝新鮮空氣！」黑眼睛的木偶驚呼道。「我在裡面待到腿抽筋了。」

「你們還真是不疾不徐啊⑤！」綠眼睛的木偶喊道。「現在，我要花上很長的時間來對付你！」

「好了，好了，史賴皮。」他的雙胞胎責備道。「不要嚇唬他們。你爲什麼不能溫柔點？」

「史奈皮，你爲什麼不能聰明點？因爲你腦袋瓜裡裝的是木屑嗎？哈哈哈！」

「看吧，」黑眼睛的木偶回答道。「這就是爲什麼你不容易交到朋友，你根本都不想試著友善一點。」

凱莉、賈馬和我僵硬地站在原地，眼睜睜看著他們的木頭嘴巴上下開闔，眼珠子左右滑動，吵得不可開交。凱莉一直舉著手機對準他們，手還微微顫抖著。

「木……木偶不會說話。」賈馬在樓梯間那兒低聲說道。

那個叫史賴皮的木偶氣呼呼地轉向他。「你叫誰木偶，蠢蛋？」

「別罵人。」他的雙胞胎斥責道。

「閉嘴，史奈皮！」史賴皮尖叫道。他將雙手撐在展示箱兩側，然後把自己撐起來推出展示箱，鞋子落地的時候發出好大的撞擊聲。

賈馬發出驚恐的叫聲，凱莉也後退了一步，但是沒有停止錄影。

這句英文怎麼說?

不要那麼兇，史賴皮。

Don't be so harsh, Slappy.

「別那麼害怕，孩子們。」史賴皮低吼：「我們並不可怕……我們只是很恐怖！哈哈哈！」

「不要那麼兇，史賴皮。」他的雙胞胎說。

史賴皮張嘴發出怒吼，轉身將史奈皮從箱子裡拉出來，重重甩到地上。

接著，他轉身看著我。

「我的名字是史賴皮。」他說，微微彎身鞠躬。「我的天才兄弟叫史奈皮，不過從現在開始，你們可以稱呼我們『主人』！哈哈哈！」

「友善一點，史賴皮。」史奈皮平靜地說。他的聲音比他的雙胞胎兄弟柔和些，感覺似乎有點害羞的樣子。

史賴皮不理他。「你父親認爲他可以拆散我們。我聽到他說的話了，不過唯一會被拆分的，是他的頭！哈哈哈哈！」

他的笑聲比他說的話更駭人，聽起來冷酷又殘忍，根本不像笑聲。

「禁止暴力，兄弟。」史奈皮搖了搖頭說道。「你知道我討厭暴力。」

我突然意識到我的心臟好像瘋了似地跳動，整個身體發冷顫抖著。我回頭看了一眼賈馬，他把雙手像防護盾一樣舉在胸前。

「我們要給你父親一個教訓！」史賴皮用嘶啞的嗓音尖聲說道。「我們會讓他付出代價，就因爲他以爲他可以把我們分開，而且你們絕對想不到，奴隸們，你們還會幫我們的忙！哈哈哈！」

「不要強迫他們，史賴皮。這樣是沒辦法交到朋友的。」史奈皮說。

凱莉轉過來看著我，她舉起手機說：「我覺得錄夠了，路克。這段影片一定能說服爸爸。」

我往樓梯的方向點點頭：「離開這裡，快！拿去給他看。」

凱莉轉身就要離開，但是史賴皮動作很迅速，他一下就跳到她面前搶走她手裡的手機，用木頭手指緊緊握住它。我聽到響亮的咯咯聲。

「喂！」凱莉手忙腳亂想搶回手機，但是沒搶到。

史賴皮笑著，躲到凱莉伸手可及的範圍之外。

「把它還回去，史賴皮。」他的雙胞胎說道。「你明知道那不是你的，爲什麼你不能對別人的東西更上心呢？」

這句英文怎麼說？

不要強迫他們。

Don't force them.

史賴皮轉著眼珠子，他向上搖晃兩隻手臂憤怒地尖叫：「閉嘴，史奈皮！我警告你，不要礙手礙腳的⑥，豬頭！」

「辱罵傷不到我。」史奈皮用一種唱歌的方式回答道。

「那麼，這個怎麼樣？」史賴皮尖叫道。他用力揮舞拳頭，一拳打在史奈皮胸口。

「不可以打架！不可以打架！」史奈皮大喊。

我震驚得呆站著，簡直不敢相信自己看到了什麼。史賴皮再次攻擊史奈皮，雙方你來我往，互相用拳頭攻擊對方的身體。

他們尖叫著，彼此咒罵，用手臂抱著對方在地板上滾來滾去。

他們彼此拉扯不休，沿著走道滾了過來，我不得不跳開。他們不只互相用拳頭打、用頭撞，還用腳踹、用嘴巴咬。

「你很壞，史賴皮。你一直都對我很壞！」

「你這個白癡！史奈皮，你一輩子都會是傻蛋！」

賈馬還呆呆站在樓梯間沒有移動，凱莉則在木偶扭打並滾到走道時及時跳了開來。

我發現他們即將前往的方向，尖叫道：「小心！」

太遲了。

他們全力衝向爸爸高大的愛倫・坡（譯註：Edgar Allan Peo，1809.01.19～1849.10.07美國詩人、短篇小說家、文學評論家，擅長寫作偵探、恐怖、驚悚小說。）陶瓷雕像。

「不！」當他們真的重重撞上人像時，我再度驚聲尖叫。

他們滾到雕像的雙腿之間，使得雕像傾倒在地板上。它倒下的時候發出震耳欲聾的聲響，並且破裂成無數碎片。

瓷器碎片遍布地板，雙方的手臂糾纏在一起的木偶們也停止了打鬥。

我環顧著四周，看到爸爸珍貴的瓷器雕像碎了滿地。

我聽到爸爸的聲音從閣樓樓梯底部傳來：「上面發生了什麼事？我是不是聽到什麼東西摔破了？是玻璃破掉的聲音嗎？」

還沒人來得及回答，爸爸已經衝上樓來。

10.

爸爸衝進閣樓，警覺地睜大了眼睛：「發生了什麼事，小伙子們？」

凱莉、賈馬和我呆呆佇立在原地。

爸爸向我們走近了幾步。起初他還沒注意到愛倫．坡的雕像不見了，可是隨即他的鞋子踩在碎了一地的瓷器上嘎吱作響。

他往下瞥了一眼，不禁哀號出聲。

他蹲在地上，撿起幾塊邊緣不齊的碎片。「這是愛倫．坡的雕像？」他看著我質問道。

「呃……其實……」我突然間喪失了說話的能力。

這句英文怎麼說？

小心！
Look out!

「你打破了愛倫・坡雕像？」爸爸的聲音比往常高很多。他把手上瓷器的碎塊扔到地上，然後站了起來。

賈馬是第一個找回聲音的人：「不是我們弄的，哈里森先生。」

凱莉點點頭：「眞的不是我們。」

「那麼，是誰做的？」爸爸質問道。「精靈？」

「是那些木偶做的，爸爸。」我說。「我……我做了一件蠢事。我把他們從箱子裡放出來，然後他們開始打架，然後……嗯……他們撞倒了雕像。」

爸爸審視著我一陣子，然後轉過頭看著走道盡頭的玻璃展示箱。

「哦不。」我低聲說。我看到他們了。那兩個木偶，他們又回到箱子裡，面朝上躺著。

「不！」凱莉喊道，走近了展示箱。「不，這不可能！」

爸爸搖搖頭：「我是不是教過你們兩個，要爲自己所做的事情負責？」

「爸，你……你一定要相信我們！」我結結巴巴地解釋。我實在無法將目光從那兩個木偶身上移開，他們此刻躺在盒子裡，茫然地盯著天花板。「我把他們

這句英文怎麼說?

你很有想像力。

You've got a good imagination.

放出來了，其中一個叫史賴皮的，他很生氣，因爲你打算將他們分開。他說他要給你製造麻煩……」

爸爸舉起手示意我們安靜：「你很有想像力，路克。你應該把這些都寫下來，這對你正在進行的劇本，顯然是個很好的開頭。」

「可是，爸爸……」

「不，你讓我大開眼界。說眞的，讓我大開眼界的是，你可以當場編出像這樣瘋狂的故事。你甚至是一口氣說完。」他揉了揉鬍子，直直看著我。「你打破了我的愛倫．坡雕像，然後兩秒鐘後，你就編出這個讓你擺脫麻煩的故事。太驚人了。」

「他說的是實話，哈里森先生。」賈馬說。

爸爸不在意地揮揮手：「我知道你是他們的朋友，賈馬，但你不必爲了他們說謊。」

他把手靠在箱子上，透過玻璃蓋注視那兩個毫無生氣的木偶。

「等一下！」凱莉喊道。「我有證據，爸，我可以證明我們說的是實話。」

爸爸轉向她：「證明？哈，這我倒是要看看。」

凱莉沿著展示箱的走道，在地板上找尋她的手機，最後在一堆碎瓷器塊中找到了。

「我把整件事都錄成影片了。」她說著舉起手機給爸爸。「等你看完之後，就會知道我們說的是實話，還會因爲不相信我們而跟我們道歉。」

爸爸把雙臂在胸前交叉：「好吧，就讓我看看。」

凱莉舉起電話。我可以從房間另一頭看到，手機螢幕已經整個裂掉了。凱莉按下了首頁按鈕，可是螢幕沒亮。她又再按了一次。一點反應都沒有。

她搖了搖手機，背面的殼掉了下來。

「完全壞掉了。」她嘆了口氣。「史賴皮用他的木手把它捏壞了。他……他毀了它。」

爸爸用手指輕輕敲著玻璃櫃問道：「妳到底是怎麼弄壞手機的，凱莉？妳失手摔了它？」

凱莉垂下眼睛，沒有回答。

這句英文怎麼說？

他毀了它。
He ruined it.

「我想這表示妳沒有證據。」爸爸說。

凱莉頓時垂頭喪氣。

「而且我想，你們想把這裡發生的壞事都怪到那些木偶頭上。好吧……你們最好馬上停止這麼做。」

「可是，爸……」我試圖說些什麼。

爸爸用手摀住我的嘴：「沒有可是。再發生一次跟木偶有關的意外，我就不讓你出現在電影裡。我是認眞的，你會錯過所有的樂趣，凱莉和賈馬也一樣。答應我，這是最後一次了。」爸爸說。

「我答應。」我喃喃道。

我能怎麼辦？我眞的很想演出電影，凱莉和賈馬也是。我希望爸爸能相信我們，我不想讓他認爲我們是在說謊或編故事。

但是，我必須確保那些木偶不會試著要傷害爸爸。

我必須確保他們待在箱子裡。

我四處尋找鑰匙，想把他們鎖在裡面，接著卻嚇了一跳。

從史賴皮的夾克前口袋冒出頭來的，是鑰匙的尖端。

「爸爸，看！」我說。

「我什麼都不想看。」他搖搖頭。「我已經看夠了，都下樓去。」

我嘆了口氣，跟著爸爸走向樓梯。

當我正準備下樓時，一轉身就看到史賴皮在玻璃櫃中動了起來。

他轉過頭對我眨眨眼睛，然後抬起一隻手向我們揮手告別。

這句英文怎麼說？

這件事並不容易。

That wasn't going to be easy.

11.

木偶們不會放棄的，因爲他們不希望爸爸把他們分開。我相信他們一定會繼續製造麻煩。

可是，他們打算怎麼對付爸爸？

我不知道。我怎麼會知道有一顆木頭腦袋的木偶在想什麼？我只知道，我們必須讓爸爸相信他有大麻煩了。

不管怎樣，我們必須證明給他看，我們說的都是實話。

這件事並不容易。

吃晚餐的時候，每當凱莉或我說出「木偶」這個詞，爸爸就會伸出手指放在

嘴巴前，並且做出在嘴唇上拉拉鍊的動作。表示那個詞被禁止了。

凱莉和我只能無助地坐著，小口吃著通心粉和酪梨沙拉。我們沒有食慾。我的胃裡有種沉甸甸的感覺，喉嚨感到緊繃，難以吞嚥東西。

我們試著和爸爸聊聊建造無人機、學校和其他瑣事，但是我知道我們心裡想的都只有一件事——那兩個木偶。

那天晚上，我花了很長時間才入睡。我房間的天花板並不高，閣樓就在正上方。我們家的房子很舊了，座落在能夠俯瞰整個山谷的山頂邊緣，所以有點傾斜。每一次的嘎吱聲都會讓我害怕得喘不過氣，從床上坐起。每一次我都確信自己聽到那兩個木偶在上面移動的聲音。

我打著呵欠，試圖把枕頭蓋在頭上阻隔所有聲音，終於，我在午夜過後陷入淺眠。

但是從臥室門口傳來的砰砰聲響，讓我再次警覺地驚醒坐起來。「嘿！」我叫道。

這句英文怎麼說？

那天晚上，我花了很長時間才入睡。

It took me a long time to fall asleep that night.

臥室的門慢慢打開。我在上床睡覺前有確實好好關上門，但是有什麼人在轉動門把，有人正慢慢地推開門。

「哦，不。」憑藉著走廊的昏暗燈光，我可以看到木偶頭部的輪廓。

他踏進房裡一步，輪廓更明顯清楚。大半掩蓋在陰影之中的木偶，咧嘴笑著僵硬的醜陋笑容，眼睛在黑漆漆的黑暗中閃閃發光。

「不……不！」我結結巴巴地說。我坐起來抱住自己，試圖停止流竄全身的寒顫。

木偶又安靜地向前邁了一步，我可以看到他身後還有一個人影——是另一個木偶。

他們緩步走過地毯，就像播放慢動作一樣，朝我的床緩慢地移動，同時一臉笑容，眼睛像炙熱的邪惡煤炭一樣發光。

他們把雙臂直直舉在胸前，好像在夢遊，好像他們要來抓我了。他們的鞋子在臥室地毯上沒有發出半點聲音。

接著，我在半開的門口看到第三個木偶，他大搖大擺地走進我房裡。一模一樣。他就跟前兩個木偶一模一樣，它鬼鬼祟祟朝我的床筆直走來，雙臂在胸面僵硬地抬起。

當第四個木偶也出現在房間裡，它們開始竊竊私語。它們像影子一樣無聲地移動，好像根本沒有身體一樣。四雙發光的眼睛……四個邪惡、僵化的笑容……耳語。四個人偶齊聲低語，是我這一輩子聽過的，最駭人的聲音……

「我是史賴皮……我史奈皮……我是史賴皮……我史奈皮……」

硬梆梆的木頭手向我伸來，伸向我的喉嚨。

我張大嘴巴，開始尖叫。

這句英文怎麼說？

我張大嘴巴，開始尖叫。
I opened my mouth wide and began to scream.

12.

我坐起來的那一刻，就知道這全是一場夢。

我知道那不過是噩夢，但仍止不住全身在顫抖，連牙齒都在打顫。我瞇著眼睛用力看向暗處。那裡沒有人，並沒有木偶想鬼鬼祟祟越過地毯。

「是個噩夢……一個愚蠢的噩夢。」我低聲說道，因爲剛睡醒，我的聲音還有點沙啞。

但是，我知道木偶還在這個屋子裡。他們依舊會說話，依舊是活生生地，依舊還生我爸爸的氣。

那不是夢。那是另一種不同的噩夢。活生生的噩夢。

我抱著自己，試著讓自己別再發抖。我聽到臥室窗外有一輛卡車駛過，聽到一陣風吹過樹林。山丘上總是風很大。

我慢慢地深呼吸，等待心跳和緩下來。

然後，我聽到另一個聲音。

砰！噠！從我的房間外面傳來。

我轉向門口。門仍然關著，就跟我就寢前一樣。

我屏住呼吸傾聽。

又是的「砰」一聲。是腳步聲。

沒錯，臥室門另一邊有腳步聲。朝我的房間緩慢接近的腳步聲。

木偶們就在外面！我能清楚地聽到。

他們爬出了展示箱，從閣樓樓梯下來。現在他們就在走廊裡一起移動……走向我的房間。

不，休想！

我心想。

這句英文怎麼說?

我屏住呼吸傾聽。

I held my breath and listened.

我不會讓他們得逞。我要阻止他們，還要拍給爸爸看。

我長吁一口氣站了起來，不去管脖子後面汗毛直豎的感覺。儘管我的腿顫抖著，還是巍巍顫顫走向門口。

我低吼一聲用力打開門，衝到走廊上。

地板上的昏黃色夜燈在牆上投射出一個微弱的光圈，在光影之外，在走廊中央，我看到他。我看到木偶隱身在黝黑的暗影中。

我開始跑起來，邊跑邊發出嘶啞的叫聲。

我伏低身子，把他撞倒在地上。

13.

「路克，你在做什麼？」

我眨了眨眼睛，花了幾秒鐘才意識到，被我撞倒的是凱莉。

我們就這麼穿著睡衣躺在地板上，我壓在她的背上，她的臉被我壓得貼在地毯上。

「哦，天哪！」我低聲說。我七手八腳站起來，然後伸手幫忙把妹妹拉起來：

「我以爲……」

她把睡褲弄平整：「路克，你是瘋了嗎？你看不出是我？」

「我怎麼會知道！」我大聲道。「這裡黑漆漆的，而且……而且……」

這句英文怎麼說?

你是瘋了嗎？
Have you totally lost it?

她搖搖頭，金色的頭髮纏在臉上：「噢，我覺得你弄斷了我的肋骨。」

我瞪著她看：「好吧……妳在這兒做什麼？」

「我以爲我聽到了什麼聲音。」她回答道。

「閣樓裡的東西？」

她點點頭：「我認爲他們正在上面四處走動。」

「我們應該告訴爸爸嗎？」我說。

凱莉翻了個白眼：「你忘了爸爸說過，如果再有意外會怎樣嗎？我們絕對不能告訴爸爸。你想參與電影，我也一樣。無論如何，他不會相信我們的。」

「那麼……我們該怎麼辦？」我問道。

她把一根手指伸到嘴唇上。我們凝視著天花板，很專注地聆聽。

我沒有聽到上面有任何聲音。

木偶醒了嗎？他們還待在玻璃櫃裡嗎？還是他們待在家裡其他地方？

「我……我受不了這樣。」我對凱莉承認道。「這就像有兩個怪物住在房子裡，兩個邪惡的生物，而我們是唯一知道他們存在的人。」

凱莉把一撮頭髮從臉上撥開：「叫史奈皮的那個，看起來似乎還滿友善的。」

「那不重要！」我感嘆道。「他是一個活生生的木偶，就住在我們家裡，而爸爸以爲我們不是瘋了就是騙子或什麼的。」

凱莉把目光轉向閣樓的門：「我們上去閣樓吧！」

「啊？妳在開玩笑嗎？」

「路克，我們必須向爸爸證明我們不是騙子。他必須知道他們的眞面目。」

我雙手插在腰上：「我們怎麼樣向他證明這一切是眞的？他們已經把手機弄壞了。」

「那個小小的錄影機，記得嗎？爸爸送給你的生日禮物。」凱莉說。「GoPro相機。去把它拿來。」

我匆匆走到房間，抓起小相機。凱莉很勇敢，我也別無選擇，我必須和她一起堅強起來。

我眞的想在半夜上去閣樓？還是寧願把頭塞到美洲鱷魚的喉嚨裡？

然而，我不能讓凱莉成爲唯一有勇氣的人，不能讓她一個人上去那裡。

這句英文怎麼說?
去把它拿來。
Go get it.

這是我爲什麼這麼做的唯一解釋。

當然，等我們爬上樓梯踏入黑壓壓的恐怖博物館，我馬上就後悔了。

我摸索著天花板燈的開關。設法打開燈光之前，我看到有眼睛在狹長的房間裡盯著我。

爸爸收藏的生物——狼人頭和怪物面具——的眼睛，還有眞人大小的吸血鬼雕塑，即使在黑暗之中也發出猩紅色光芒的蝙蝠眼睛。

最後，我設法打開了燈。燈光在我們頭頂上閃爍，所有的生物都變得清晰，只是即使在黃色燈光下，它們仍然很嚇人。它們似乎在注視著我們……看著我們，等著出其不意跳出來襲擊。

當然，這不過是我天馬行空的想像力。

換作是你，你不會嗎？

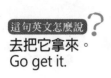

如果兩個木頭製作的木偶可以活過來，其他生物爲什麼不能開始移動？爲什麼它們不能開始走路、咆哮、說話和……攻擊？

小相機差點從我的手上滑落，我意識到雙手不但冰冷而且汗涔涔的。我把

GoPro 緊緊抓在胸前，沿著展示箱的走道走去。

「準備好。」凱莉說。我們走向閣樓裡面，凱莉緊緊跟在我身後，近到幾乎撞到我身上。「準備好相機，路克。」

我聽話地舉起相機，搖搖晃晃地，深吸一口氣。

我們走向玻璃展示箱，停在幾十公分遠的地方，透過玻璃蓋向下看。

空的。

箱子裡是空的。

「不……不見了！」我結結巴巴地說。

我轉向凱莉。但是在我想再說些什麼之前，我感覺到有一隻手抓住我的肩膀，硬梆梆的手指從後面用力地壓在我的肩膀上。

凱莉和我一起尖叫起來，驚恐的高調號叫震動了閣樓的牆壁。

14.

我膝蓋發軟，只好抓著玻璃箱頂部撐住自己。木偶堅硬的手指緊緊捏著我的肩膀。

我快速轉過身來，盯著那個笑嘻嘻的木偶。他的綠眼睛因爲興奮而顯得活靈活現，木手緊緊捏得我想放聲尖叫。

「遊戲時間結束了，小朋友！」他用細小又嘶啞的聲音低聲說：「讓我們來拍一部眞正的恐怖片吧！」他把頭往後一甩放聲大笑，笑聲冷酷又難聽。

我用力掙脫後，跌跌撞撞逃到牆邊，用手揉著陣陣作痛的肩膀。「史賴皮……」我脫口叫道。

這句英文怎麼說？

我聽話地舉起相機。

I obediently raised the camera.

我看到他的雙胞胎史奈皮站在牆邊。

「史賴皮，友善點！」他責罵道。「你爲什麼就是不能和別人好好相處？」

史賴皮轉向他的兄弟：「閉上你的木嘴，不然我會像啄木鳥一樣啄爛你的腦袋！」

史奈皮傷心地搖了搖頭，但是沒有回話。

史賴皮突然撲向前，從我手上一把奪走了小相機。他轉向凱莉和我：「好了，尖叫。讓我們聽聽你們的尖叫！全力以赴吧！」

凱莉和我忍不住了，我們眞的尖叫起來。我希望我們的叫聲能喚醒爸爸。

「你爲什麼要這麼做？」凱莉對著史賴皮喊道。「爲什麼？」

然而史賴皮無視她的問題。他只是把頭一仰，又笑了起來，然後把小相機塞進了凱莉手中。

「好了。現在，給我來個美美的特寫，一個好看的大頭照。要確定拍我比較好看的那一面！哈哈哈哈！」

當凱莉把相機對準他時，手還顫抖著。

這句英文怎麼說？

給我來個美美的特寫。

Get a good close-up of me.

「知道我比較好的是哪一面嗎？」史賴皮粗聲道。「外面！哈哈哈！」

「那是個笑話嗎？」史奈皮問道。

「你才是個笑話！」史賴皮喊道。他轉回凱莉說：「繼續拍攝。繼續拍攝。知道我決定給這部電影取什麼名嗎？《玻璃棺材裡的男孩》。這名片很容易記，對吧？」

史賴皮毫無預警地伸出雙臂向前衝，抓住了我的腰。他用木手緊緊抱住我，把我從地板上抬起來。

他的力氣大得不可思議，就好像他只是舉起一根羽毛一樣。

「放手！」我尖叫道。「放我下來！」

我瘋狂地揮舞手臂，並且用力揮動雙腿，試著要踢他。

「史奈皮，過來。不要像個傻瓜一樣站在那兒。抓住他的腿。快過來幫我抓住他的腿！」

史奈皮搖搖頭嘆了口氣，但他還是大步走向我，抓著我的腿緊緊抱住。

「放手！」我尖叫道。「你在做什麼？放開我！」

我奮力蠕動掙扎，可是他們的力氣太大。他們把我帶到開著的展示箱那兒。

「你還在拍嗎？」史賴皮對凱莉叫道。「這太棒了！這一幕超殺的！千萬不能錯過！」

「溫柔一點，史賴皮。」他的雙胞胎斥責道。「你不想傷他吧。」

「要是你破壞這戲劇性的一幕，我才會傷害你！」史賴皮大聲說道。

兩個木偶把我高高舉過玻璃櫃，然後把我放進去。

「不！不行！」我大叫。

但是在我還沒能爬出去前，他們已經把蓋子闔上。

「你們不能這麼做！讓我出去，馬上！」我尖叫著捶打玻璃牆。

史賴皮擺弄著鎖，接著我聽到喀噠一聲，然後他扔掉了鑰匙。

「讓我出去！」我尖叫道，用兩個拳頭砸在玻璃上。

我能感覺到自己的臉變紅了，我沒辦法吞嚥口水，感覺好像心臟跳進了喉嚨裡。透過玻璃杯，我看到凱莉呆滯地舉著小攝影機一動也不動。

「我愛死了！現在，讓我們見識真正的恐怖，路克！」史賴皮喊道：「敲打玻璃。很好。要有很多感情。好了，尖叫，凱莉。讓我們來聽聽。演得像一點⑦！我聞到奧斯卡等級的表演喔！繼續敲打玻璃，路克。你現在臉紅了，優秀。我太喜歡了。愛死那種恐慌。繼續尖叫。繼續捶打。每個人都要驚慌失措！哈哈哈哈哈！」

這句英文怎麼說？

溫柔一點，史賴皮。
Be gentle, Slappy.

15.

我停止用拳頭敲打玻璃，大口喘氣。我屏住呼吸，試著讓胸腔裡的心臟不要那麼劇烈又急速地跳動著，汗水從臉上流下來。

我跪坐著，玻璃蓋在我頭頂上方一兩英寸處，箱子裡的空氣很快變得灼熱起來，然而儘管空氣炎熱，我卻感覺到脖子後面一陣寒意。

透過玻璃，我看見凱莉終於放下小相機，眼睛裡滿是驚恐。她看了我一眼，然後轉向史賴皮。

「放他出來！你爲什麼要這樣做？」她用顫抖的聲音命令道。

「因爲我能做任何我想做的事！」木偶這麼回答道。「你忘了嗎？我可是史

這句英文怎麼說?

吹噓是不好的。

It isn't nice to brag.

賴皮!」

「別說大話。」史奈皮溫柔地說道。「吹噓是不好的。」

史賴皮用兩隻手推了一下他的雙胞胎說:「我會試著更有禮貌,史奈皮。」他說。「有什麼禮貌的方式可以告訴你閉上你的木頭嘴嗎?」

「你傷害了我的感情。」史奈皮回答道。

史賴皮仰頭笑了起來,然後轉過去對凱莉說:「你父親喜歡恐怖電影,就讓我們看看他有多喜歡這個!」

「你必須把我哥哥放出來!」凱莉正色說道。

史賴皮搖了搖頭說:「我唯一要做的,就是毀掉你父親。首先,史奈皮和我要嚇唬他,然後我們要破壞他的電影,再然後,我們要毀掉他的生活!」

「你……你……不能那麼做。你不可以傷害我爸爸!」凱莉著急喊道。

「喔,我可以喔!」史賴皮咯咯奸笑地說。「他以為他可以把我們賣給兩個不同的收藏家,以為他可以把我們分開。恐怕,電影大導演哈里森先生必須為心懷這種想法付出代價!」

「但是……你和史奈皮甚至不喜歡彼此！」凱莉大聲說道。

「主要是，我不喜歡你們！」史賴皮咆哮道。

我把臉貼在展示箱的玻璃上喊道：「凱莉，到樓下去！去找爸爸來！快點！」但是她沒聽到我的話。

凱莉不但沒有跑向樓梯，反而一頭衝向史賴皮。她用手抱住他的頭部，想要把他的頭撞到地板上。

但是史賴皮對她來說太壯了。

他低下頭掙脫束縛，然後急速向前一擊，給了她一記頭捶，我甚至透過玻璃都能聽到撞擊聲。

凱莉呻吟著跪倒在地上。史賴皮迅速朝她的方向用腳狠狠踢過去，她向右邊躲開，他的腳從她肩膀上掃過。

她又大聲呻吟著抓住了他的腿，用盡全身的力氣一拉，把木偶摔到地上。

史奈皮的身體有一半隱藏在高高的展示箱後面，他呆愣地看著這場打鬥，我則默默在心裡祈禱凱莉能趕快站起來，站起來跑下樓去。

這句英文怎麼說？

這一幕還沒結束。
The scene isn't over.

出乎我意料，她辦到了。

史賴皮的雙腿糾纏在一起，只好扭動身體，努力想站起來。

凱莉跳過他，朝樓梯口奔去。

「回來！」史賴皮在她身後大喊。「這一幕還沒結束。恐怖才剛剛開始！哈哈哈！」

凱莉的身影消失在樓梯間，我雙手著地跪坐著，等待著，等她帶爸爸過來。

箱子裡的空氣變得稀薄，我的呼吸在玻璃櫃的一側凝成一片水氣，身上也被冷汗淋濕。

兩個木偶靠在牆上，無視我。他們在爭吵，彼此互相喊叫時，大大的木頭手在空中飛舞比劃著。

快點，爸爸。拜託快點。我心想。

這裡面越來越難呼吸了。拜託快點。

終於，我聽到樓梯傳來腳步聲。凱莉突然衝進閣樓，爸爸則跟在後面緩慢地移動，他半睡半醒地擺弄著睡袍上的腰帶。

他走了幾步，然後停下來。

當他看到玻璃櫃裡面的我時，眼睛瞪得要掉出來了。

「爸，現在你可以相信我們了吧？」凱莉大聲說道。

16.

爸爸沒動，也許他認爲自己還沒醒，這整個場景不過是作夢的結果。他用力地看著我。

「搞什麼……」他最終喃喃道。

他低下視線看著地板，然後吃驚地後退。

我看到他在盯著的東西，是那兩個木偶。他們纏在一起，在牆邊的地板上死氣沉沉癱成一堆。爸爸用沒穿鞋的腳推了其中一個木偶的背部，他在地板上軟綿綿地翻了過去。

「你看到了嗎？」凱莉用顫抖的手指著玻璃櫃裡的我喊道。「爸爸，你看到

這句英文怎麼說？

他用力地看著我

He squinted hard at me.

他們對路克做了什麼嗎？你現在相信我們了吧？」

爸爸用雙手揉了揉臉上的鬍子說：「凱莉，說正經的。你們眞的認爲可以用這種把戲騙過我？」

凱莉簡直不敢置信：「什麼把戲？」

爸爸用腳趾頭又戳了一下木偶：「妳眞的指望我會相信，是這些木偶把路克關進箱子的？看看他們，凱莉。他們不是活的，他們不會自己行動。」

「可是，爸爸……」

爸爸說：「如果你們想騙過我，爲什麼不把這些木偶架起來？爲什麼讓他們在地板上堆成一堆？」他皺著眉頭。「現在，在妳哥哥窒息之前，讓我們把他放出來吧。鑰匙在哪裡？」

凱莉眨了眨眼：「我不知道。史賴皮把它扔到房間那一頭。」

「夠了，凱莉！」爸爸大吼道。

爸爸是個非常溫和的人，所以當他大聲說話時，總是讓人感到震驚，也難怪凱莉眞的被嚇得跳了起來。

這句英文怎麼說?

爸爸用腳趾頭又戳了一下木偶。

Dad poked the dummy again with his toe.

爸爸說:「別再說什麼木偶了,去找鑰匙。」

凱莉急忙沿著一排展示箱走去,她跪在地板上尋找著。

爸爸走近玻璃櫃看著我,問道:「你還好嗎?」他搖了搖頭:「這眞的是一件非常愚蠢的事。你們兩個應該沒這麼笨才對,爲什麼你們要玩這些愚蠢的木偶遊戲呢?」

他們不是遊戲。我心想。

這兩個雙胞胎木偶是眞的要教訓爸爸一頓。他們是危險人物。

在他們做出非常可怕的事情前,我們必須讓爸爸相信我們的話。但是要怎麼做?

「找到了!」凱莉從閣樓另一邊喊道,手裡拿著鑰匙跑了過來。

幾秒鐘後,我從玻璃櫃爬出來。

我的雙腿打顫,渾身上下都被汗濕透了。我感到呼吸困難,胸部像手風琴起伏不定。

爸爸把一隻手放在我肩膀上:「答應我,你們永遠不會再玩像這樣愚蠢的把戲了。」

「這不是把戲！」凱莉緊繃著下巴，只有當她十分生氣的時候才會這樣。「爸爸，你必須相信我們。」

她拿起 GoPro 相機塞進爸爸手裡：「看看這個。全部都在影片中。播放來看看，爸爸，然後就輪到你向路克和我道歉了。」

爸爸手忙腳亂擺弄著相機，然後把它舉起來仔細地研究相機螢幕。他認真看了一會兒，然後用力地按下某個按鍵，接著又按了另一個。

他抬起頭看向凱莉：「空白的，這裡什麼都沒有。」

凱莉發出一聲嫌惡的叫聲，一巴掌拍在自己的額頭上，大喊：「路克！你是不是忘記按下錄影鍵？」

她猜得沒錯，我沒按。

我心想：現在就殺了我吧。

爸爸把相機塞進睡袍口袋裡：「妳答應過不會再發生任何木偶意外的，記得嗎？妳和妳哥哥都答應了，凱莉。」

這句英文怎麼說?

看看這個。

Check this out.

「可是,爸爸……」

「那麼……我別無選擇,你們兩個跟電影沒關係了。你們必須把這個壞消息告訴你們的朋友賈馬。你們既不能去片場,也不會出現在電影中。」

幾分鐘後,我爬上床。雖然這是個溫暖的夜晚,我還是把被子拉高到下巴的地方。我整個身體還在微微顫抖,腦子裡充滿了憤怒和可怕的思緒。

關於那兩個木偶,以及他們要毀了爸爸的計畫。

關於爸爸可能再也不會相信凱莉和我。

他說我們做了蠢事。

而且現在我們不能參與電影的演出了。

我坐起來,轉過身用力捶打枕頭。我必須打些什麼東西來發洩!

我還沒躺下,就聽到臥室窗戶傳來聲音。窗戶是敞開的,我可以看見滿月的淡黃色光低矮地掛在夜空中。

我仔細聆聽了片刻。聽起來像是有人在咯咯笑。刺耳的笑聲。

我急忙奔到窗戶,差一點就被纏在身上的床單絆倒在地上。我向下掃視著後院。他們在那裡！

是那兩個木偶。史賴皮和史奈皮。他們把手高舉過頭拍著手，扭動、轉動身軀，踢著腳，在月光下進行一場瘋狂的舞蹈。

他們是在慶祝成功戲弄了凱莉和我嗎？

我看著他們跳了一會兒，然後轉身全力跑到走廊上。

爸爸手裡拿著一杯果汁，正打算走進他的臥室。

「爸爸！」我尖叫道。「快點！快來！」我用兩隻手示意他跟我到我房間裡。

他猶豫了一會兒。我衝上前去抓住他的手臂，差一點弄翻果汁。我把他拉進我房間，拉到窗戶邊。

「你看！」我大聲說。

「你看嘛！」我把他的頭拉低。

然後，我站在爸爸身邊，我們倆一起往下看著院子。

那兩個木偶早已經不在了。

17.

隔天是星期六，早上當凱莉和我下樓時，爸爸已經穿好衣服也擺好了餐桌。我們還在打呵欠擦口水，睡眼惺忪的。

我知道自己沒睡很久，我打賭凱莉也沒有。

「聽著，爸……」我正準備要說些什麼。

但是爸爸舉起一隻手要我安靜，他說：「今天上午沒時間跟你們討論事情，我要在這裡進行一次重要的早餐會議。我已經請露西在泳池邊的院子裡準備好你們的早餐了。」

露西是我們的管家，她有自己住的地方，就在我們家游泳池另一邊的客房。

這句英文怎麼說？

我把他拉進我房間。

I tugged him into my room.

「誰要來？」我打著呵欠問道。

「賽門・班乃迪克，」爸爸說，「他是我最近四部電影的執行製片人。知道這意味著什麼嗎？這代表他出了這筆錢，所有的帳單都是他付的。」

「所以你想給他留下深刻的印象？」凱莉說。她拿起一把叉子，用手指轉來轉去。

爸爸把叉子從她手上奪下，然後把它放回餐巾紙上：「我不需要給賽門留下深刻的印象。我們已經認識很久了，我幫他賺了很多錢。」

接著爸爸笑了：「不過我確實希望能繼續討他的歡心⑧。」

凱莉和我走到院子，凱莉低聲說：「爸爸是真的想給這個人好印象，他從來沒有在家裡幫任何人準備過早餐。」

我跟著她走出後門。這是一個美麗、溫暖、萬里無雲的洛杉磯早晨。我們家周圍的山丘上，樹木映著陽光閃爍，空氣聞起來像花朵一樣甜美

一隻松鼠在院子中央盯著我們，牠正對著躺椅墊上的堅果虎視眈眈。堅果一定是從懸在院子裡的果樹上掉下來的。

這句英文怎麼說？

爸爸是真的想給這個人好印象。
Dad does want to impress this guy.

游泳池的水面照映我們頭頂上早晨的太陽，像銀子一樣波光粼粼。

我不經意間瞄見一個影子，於是轉過身去想看個清楚。在主屋側邊有一抹細長的藍黑色陰影。我抓住凱莉的肩膀說：「妳看。」

我們直直瞪著那兩個木偶。他們就靠在屋後那面牆上的紅木瓦片上，半個身子隱在陰暗處看著我們。

「眞是不敢相信。」我喃喃道。

凱莉原本張嘴要說什麼，可是被打斷了，因爲史賴皮正揮舞著一隻手，示意我們過去。

我們兩個雖然猶豫了一下，但是都很清楚我們無法忽視他們。我們別無選擇。我們必須知道他們想要做什麼。

我轉過身尋找露西。她也看到他們了嗎？

不，露西把我們的早餐放在游泳池邊的玻璃桌上後，又回屋裡去了。

我深吸了一口氣，率先往木偶的方向前進。

等我們一走近，他們抓住我們的手臂，拉著我們繞到房子另一側沒人看得到的地方。

「你們在這裡做什麼？」我質問道，同時用力抽回手臂。「你們想要做什麼？」

「你們希望我們離開嗎？」史賴皮粗聲地說，太陽反射在他光滑的綠色眼珠子上，使它們看起來像是著了火。

「你們希望史奈皮和我離開嗎？我來告訴你，要怎麼做才能如願以償。」

這句英文怎麼說？

你是認真的？
Are you serious?

18.

「這是個笑話嗎？」凱莉問道。「你是認眞的？」

「我很認眞。」史賴皮說，他的下巴在上下移動時發出噠噠聲。

史奈皮點點頭，但是不發一語。

「你幫我做一件事，然後史奈皮和我就會消失，你們從此再也不會看到我們。」史賴皮說。

凱莉和我呆呆地盯著他們。

我的腦子在高速轉動——我們眞的能夠擺脫這兩個可怕的討厭鬼嗎？

「如果我們照你說的話去做……你們眞的會離開？」凱莉問。

兩個木偶都點了點頭。「我們等不及想要離開這裡了。」史賴皮說道。

「可是你說過，你想毀了我爸爸。」凱莉說。

「把那些都忘了吧！」史賴皮回答道。「你只要幫我們做一件事，我們馬上離開。我發誓。」他舉起右手。

凱莉和我交換了一下眼神。我們都在思考同一個問題：他們想要我們做什麼可怕的事？

「你會幫忙嗎？」史賴皮問道。

「史賴皮，要說『請』。」史奈皮插話道。

「你會幫忙嗎？」史賴皮無視他，又問了一次。

「看情況。」我說。

「不是危險的事。」史賴皮說。「沒有人會因此而受傷，就只是開個玩笑，你之後就會知道。很有趣的。」

他遞給我一個小小的黑色耳塞：「塞到耳朵裡，路克。」

我把它放在手掌上仔細檢查它：「你從哪裡拿的？」

這句英文怎麼說？

我發誓。

I swear.

「從你父親的工具間。」史賴皮回答道。「只是借用一下。快呀，把它放到你的耳朵裡。」

我又研究了它一會兒，然後把它塞進我的右耳。

「它是一個小小的耳機。」史賴皮解釋道。「能夠讓我直接跟你說話，你會很清楚地聽到我的指示。」

「我應該怎麼做？」我問道。

「你只要重複所有我說的話。」史賴皮解釋道。「就是這麼簡單，就連你這種笨蛋都能理解。」

「要有禮貌。」史奈皮指責道。

史賴皮抬起他的木手，給了史奈皮重重一個耳光：「這樣子對你夠有禮貌了吧？」

凱莉搖了搖頭，輕聲說：「這整件事聽起來不太妙。」

「我保證不會有人受傷。」史賴皮重複道。「你父親的客人班乃迪克先生已經到了。路克，你進屋子裡去跟他打招呼，然後重複所有我說的話。所有的，明白嗎？」

「然後呢？」我說。

「然後史奈皮和我就會消失。你們可以擺脫我們，拯救你爸爸免於很多的痛苦和麻煩。」

「這太好了，不可能是眞的。」凱莉低聲說。

「我決定要做。」我低聲回道。「如果這麼做意味著可以從這兩個人手中拯救爸爸，那就值得一試。」

我轉向史賴皮：「好，我做。」

「好孩子。」史賴皮的眼睛閃過一道光。「記住，重複所有我說的話，不要遺漏任何一句。如果你不按照我的指示，史奈皮和我就會留在這裡。我保證你不會高興的。」

我轉過身朝後門走去：「來吧，凱莉。我們走。」

史賴皮抓住凱莉的手腕：「不行，她要待在這裡，你只能靠自己。」

「路克……你確定要這麼做？」凱莉問我，一邊試圖掙脫史賴皮的箝制。

我嚥了下口水：「我還有其他選擇嗎？」

這句英文怎麼說？

這太好了，不可能是真的。

It’s too good to be true.

19.

我走進餐廳時，爸爸和班乃迪克先生才剛剛坐下，爸爸正在用一個銀色水壺倒柳橙汁。

班乃迪克先生穿了一件深色西裝外套，下身配一條牛仔褲。夾克下面是一件淺色T恤。他沒有頭髮，頭長得像燈泡的形狀，皮膚曬得很黑，這使得他的藍眼睛看起來好像在發光。他的一隻耳朵上戴著銀耳環，臉頰上有灰色的鬍渣。

他喝了一口柳橙汁，看見我走進來時笑了笑。

「賽門，這是我的兒子路克。」爸爸說。他皺眉看著我：「路克，你吃完早餐了嗎？」

這句英文怎麼說？

重複一遍。
Repeat it.

在我能夠回話之前，史賴皮的聲音在我耳邊響起，他說：「重複我說的話。班乃迪克先生，你肩膀上的那個是又大又醜的疣，還是你的腦袋？」

「噢。」我忍不住哀號。

「來吧，重複一遍。」史賴皮命令道。他的聲音在耳塞裡聽起來很細小。

「班乃迪克先生。」我說。「你肩膀上的那個是又大又醜的疣，還是你的腦袋？」

班乃迪克眨了眨眼睛，一臉搞不清楚狀況的樣子。我可以看得出來，他是真的不敢相信自己到底聽到了什麼。

「重複我說的話。」史賴皮在我耳邊說道。「那是你的鼻子，還是你正在吃一根黃瓜？」

「那是你的鼻子，還是你正在吃一根黃瓜？」我重複道。

班乃迪克的臉變成粉紅色。他轉向我父親：「大衛，我不知道你兒子還是個喜劇演員呢！」

「我……我也不知道。」爸爸結結巴巴地說。「路克，你這是在做什麼？」

「爸爸說，你的小名是海象屁屁。是真的嗎？」史賴皮說。

我差一點嗆到，一口氣上不來。

「重複我說的話。」史賴皮命令道。「你想讓你爸爸免於我的毒手，不是嗎？你想讓我永遠離開嗎？」

「爸爸說，你的小名是海象屁屁。是真的？」我說。

我的胃一陣翻騰，整個人感覺很不舒服。我垂下眼，不忍心看班乃迪克先生臉上憤怒的表情。

爸爸非常著急地站起來，椅子刮著地板向後滑去。

「我很抱歉，賽門。」他說。「路克以前從來沒有這麼做過，我代替他道歉。」

爸爸抓住我的肩膀：「路克，這不好玩。」

史賴皮的聲音在我耳邊響起：「爸爸說，你的智商就跟你的腰帶尺寸一樣。」

「爸爸說，你的智商就跟你的腰帶尺寸一樣。」我重複道。我覺得我好像靈魂出竅離開了自己的身體，正在說這些話的是別人。

「爸爸告訴我們，你敗壞了名聲，連無賴都比你強多了。」

這句英文怎麼說?

我代替他道歉。

I apologized for him.

「路克，住口！」爸爸大聲叫道。

班乃迪克站起來了。他的呼吸沉重，臉看起來就像個紅色的燈泡。

「晚點再談，大衛。」他對我父親這麼說，然後頭也不回地大步走向前門。

「賽門，等等……」爸爸在他身後喊道。

但是大門「碰」的一聲在班乃迪克身後重重關上。他離開了。

爸爸緊緊抓著我的肩膀：「剛剛那是怎麼一回事，路克？你這孩子有什麼毛病？你為什麼要那麼做？」

我頭暈目眩，好像雲霄飛車在我的胃裡上下飛馳。「爸爸，是……是那個木偶。」我結結巴巴解釋道。

「不！」爸爸氣得大吼。「不，路克！不准再編什麼木偶故事！」

我從耳朵裡拿出耳機：「那些都是史賴皮說的，然後他讓我跟著再說一遍。」

爸爸從我手裡拿走了耳機放在耳朵旁，當然，現在它一點聲音都沒有。

他嘆了口氣：「我不知道該拿你怎麼辦，我眞的束手無策⑨了。」

「他們在院子裡。」我說。「他們兩個都在，史賴皮和史奈皮。凱莉可以解釋給你聽，我沒有編故事。」

爸爸一言不發轉身離開，向後門走去，我急忙跟在他後面。

我們走到戶外。凱莉坐在桌子旁，正緊張地用腳點著地等我回去。她從游泳池另一邊朝我們揮了揮手，這時露西帶著一疊毛巾從泳池旁的小屋走出來。

我拉了一下爸爸的手臂：「他們在那兒，爸爸，在屋子的另一邊。」

我把爸爸拉到轉角處，可是那裡一個人影都沒有。木偶離開了。

爸爸搖搖頭。我突然意識到，比起生氣，他其實更傷心，他一定以爲是我在搞鬼⑩。

我跑回院子喊道：「凱莉，木偶去哪裡兒了？」

她聳了聳肩：「我不知道，他們叫我留在這裡。」

「爲什麼你和你妹妹要玩這個愚蠢的遊戲？」爸爸問道。「你們希望從中得到什麼？我別無選擇，路克。我必須禁足你們。」

我咬著下唇：「爸，這不是遊戲，凱莉和我正在努力想辦法拯救你。」

「哈！這個說詞很高明。」爸爸說。「藉由侮辱我的電影製片人來拯救我？

這句英文怎麼說？

我別無選擇。

I have no choice.

藉由編造瘋狂的故事？你嚇到我了，路克。我現在老實對你說，你和你妹妹，你們嚇壞我了。」

「但是，爸爸……」

「什麼都別說了！跟我來，現在。」他說著開始往房子走。

「爸爸，我們要去哪兒？」

「跟著我就是。」我們走過早餐室，爲了賽門·班乃迪克早餐會準備的食物，還原封未動放在桌子上。我們經過它轉向後面的走廊時，爸爸嘆了口氣。

我們爬上閣樓樓梯，踏入閣樓。早晨的陽光從窗戶灑入，明亮的光束照在玻璃展示箱上。

爸爸在最後面的玻璃櫃前停了下來，他說：「你們看。」

那兩個木偶正在裡面毫無生氣地仰躺著。他們的腿折疊壓在身體下面，手臂在兩側無力地懸掛著，他們的大眼睛茫然地凝視著低矮閣樓的天花板。

「大驚喜。」爸爸說。「他們沒有離開過這個箱子，路克。」

「爸爸，聽我……」

「不，我沒有時間聽你說。幫我把這些木偶拿到樓下去，我叫了一輛特別的廂型車載他們去片場。今天上午是拍攝的第一天，我很抱歉你和凱莉還有賈馬不能加入我們。」

爸爸打開箱子的鎖，然後我們把木偶抬了出來。

我把史賴皮扛在肩膀上，跟著爸爸走下樓梯。我故意走得很慢，好讓爸爸超前走在前面。

我在階梯頂端停下腳步，等到爸爸一路走到最下面，我抬起史賴皮的頭，低聲說：「你答應過的！你答應如果我照你說的話去做，你和史奈皮就會消失。你答應過的！」

木偶張開眼睛，臉上醜陋的笑容似乎有擴大的跡象。

「哈哈哈哈哈！」他大笑。「我就是個手段骯髒的騙子！」

SLAPPYWORLD

大家好，我是史賴皮。

哈哈哈。我早就告訴過你，拼寫路克名字的最好方法就是——魯蛇！

他一開始就不應該相信我。只有傻瓜才會相信木偶的話。哈哈！

事實證明，路克才是那個裝了一腦袋木屑的人！哈哈哈！

實際上，我是一個誠實的傢伙，總是實話實說，除非，我想到一個絕妙的謊言！

我最喜歡他叫賽門．班乃迪克海象屁屁的時候。哈哈！

希望我沒有冒犯觀眾中的任何海象，如果有……哈！

讓我們回到路克的故事。你猜怎麼了？它變得更可怕了。

沒料到吧？

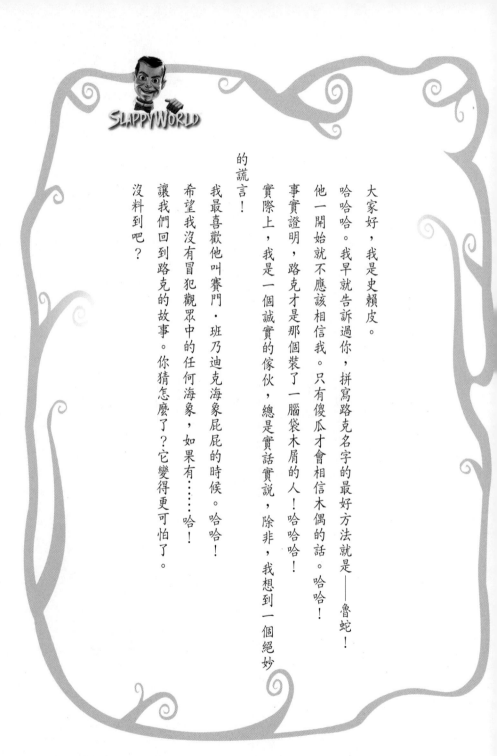

20.

那天下午晚一點的時候，凱莉、賈馬和我在車庫裡忙著我們的無人機作業。

出乎我們的意料之外，螺旋槳非常難組裝。賈馬認爲，這都是因爲我們用的螺絲釘不對。

「可是它們是一整套附帶的螺絲釘。」我爭辯道。

他揉了揉臉：「這不代表它們就是正確的螺絲釘。」

凱莉嘆了口氣：「爸爸可能現在正在拍攝，眞不敢相信我們無法在那裡一起參與。」

「我也是。」賈馬搖搖頭說道。「那是我唯一可以出現在電影裡的機會。」

這句英文怎麼說？

難道他一點也不相信你們兩個？
Doesn't he trust you two at all?

他把手中的螺旋槳放在車庫地板上。「你們知道還有什麼是我不相信的？」

我轉向他：「你不相信牙仙？」

「眞好笑。」他酸溜溜地說。「我不敢相信你父親竟然不相信我們。他眞的以爲我們滿口謊言？」

「是呀，正是如此。」我說。「如果是你，你會相信嗎？這整件事實在太瘋狂，讓人難以置信。」

「是我的話，也不會相信。」凱莉說。「我們沒辦法向爸爸證明。每次我們以爲掌握了證據，結果都失敗了。」

賈馬再次搖了搖頭，這讓他的黑髮垂散在額頭上：「但是……這是不對的。難道他一點也不相信你們兩個？」

「賈馬，你必須了解一件事。」我說。「爸爸是電影界的人，他常常從別人那裡聽到各種誇張的故事。」

「但是……我們是要幫他，而那些木偶是要害他。他們想破壞他的電影。」賈馬說。

「你明白，我也明白。」我回答道。「可是爸爸不了解。」

「爸爸怎樣都不會聽我們的。」凱莉邊說邊拿起鋼製螺旋槳，把它塞到賈馬手中。

「來吧，大家都想把無人機組好然後讓它飛起來，對吧？」

賈馬彎下腰，從地板上抓起一把長螺絲釘：「你們兩個拿著螺旋槳固定好，讓我看看……」

我和凱莉把螺旋槳抬到框架上。

賈馬把一根螺絲釘插入其中一個孔裡，然後將螺旋槳降下放到框架上。

「嗯……也許……」他喃喃道。

然後他停了下來。

他驚訝地張大了眼睛。

「嘿……」他喊道。「哇。我的意思是……哇。」

我順著他的視線轉身看著車庫後面。「我……我什麼都沒看到。」我結結巴巴地說。

這句英文怎麼說?

我們必須想想辦法！

We have to do something!

「這就是重點。」賈馬說，眼睛仍然睜得大大。「我也是什麼東西都沒看到。」

「你是什麼意思？」凱莉問道。

「那個瓦斯罐。」賈馬說。「它在哪兒？它不見了。」

「天哪！」我忍不住哀號。我瞪著牆邊本來放著瓦斯罐的地方，然後迅速掃視一遍整個車庫。「沒錯，不見了。」我低聲說。

凱莉抓住我的手臂：「你該不會以為……？」

「那兩個木偶。」我說。「有可能嗎？那些木偶是被一輛大貨車載去工作室的，你覺得是他們把瓦斯罐帶走的？」我身上不覺泛起一陣冷顫。

「他們打算炸了你爸爸的片場。」賈馬說。「你還不明白嗎？有人可能會死掉！我們必須想想辦法！」

21.

我抓起手機：「我來發簡訊給爸爸。我來警告他。」

凱莉對我皺了皺眉：「說得好像他會相信你一樣。」

「那我打電話跟他解釋。」我說。

「他可能只會哈哈大笑。」賈馬說。

「或者，他會更氣我們。」凱莉接著說。「爸爸根本不相信這些木偶是活的，路克，就算我們告訴他木偶帶走了瓦斯罐，他一句話也不會相信。他會認爲是我們把它放在廂型車裡的。」

「他必須相信。」賈馬說。「我們必須想辦法讓他相信。」

這句英文怎麼說?

我來發簡訊給爸爸。
I'll text Dad.

我試著吞嚥口水，卻發現自己口乾舌燥。「爸爸可能會死掉。」我說道，聲音有點不穩定。「有可能會死很多人。我別無選擇，一定要試試聯絡他。」

因爲手發著抖，我差一點握不住電話。我把手機拿近，給爸爸發簡訊：

有事要跟你說。緊急。

然後，我握著電話等待回覆。

等了一會兒。

又等了一會兒。

「打電話看看。」賈馬建議。

我用力看著手機螢幕，找到爸爸的號碼，然後按下撥號鍵。

電話直接接到他的語音信箱：

這是大衛・哈里森的電話，請留言。

「爸，你在哪裡?」我在嗶聲後說道。「打電話給我們，有很重要的事。」

「他可能在攝影棚裡。」凱莉說。「說不定已經開始在拍攝了。他不會看手機的，他太忙了。」

「我們必須過去那裡。」賈馬說。「我們必須去片廠找他，也許我們來得及警告他。」

「不要說『也許』。」我說。「我們別無選擇，我們必須及時警告他。」

「可是我們要怎麼過去？」凱莉說。「我們不可能一路走到伯班克片廠。」

「搭計程車？」我說。「你有錢嗎？」

「我的手機裡有一個計程車APP。」賈馬說。「我爸媽安裝的，我上完大提琴課就用它接我回家。」他拿出手機開始叫車。「車子七分鐘後到達。」他說。

我非常緊張，一直跳來跳去：「這七分鐘我們要做什麼？」

「擔心？」凱莉回答。

「是個辦法。」我說。「或者……」我又試著撥了爸爸的號碼，它再一次直接轉進語音信箱。

我又發了一次簡訊。

依舊沒有回覆。

我們在車道上等計程車。十分鐘後，一輛紅色豐田車開了過來。

這句英文怎麼說?

開進那個車道。

Pull it to the driveway.

從我們在好萊塢的房子到爸爸在伯班克的製片廠，大概要半小時的車程。

我一直都認爲經過華納兄弟和迪士尼製片廠的這段路程很令人興奮，但是今天，車窗外的一切景色對我來說都是一片模糊。

我們三個人在車上全都沉默不語。我一直試著打通爸爸的電話，可是他都沒接。

我們指示司機把車開到恐怖屋影片公司的停車場。「開進那個車道。」我說。

「我們必須要停在警衛亭那裡。」

等車子開到圓形的警衛亭時，我把車窗搖下。從亭子裡探身出來的警衛，穿著深藍色制服及帽子，帽子下是一頭灰色長髮，厚厚的眼鏡在陽光下反著光。

他一定是新來的，因爲我以前沒看過他。

「我們要來見大衛・哈里森。」我說。

他拿出一個長形的寫字板：「名字?」

「路克・哈里森。我是他兒子，那是我妹妹凱莉，還有我們的朋友賈馬。」

他看了一會兒寫字板。

我的心砰砰直跳。「我們有點趕時間。」我說。

他抬起眼睛看著我：「我沒有在訪客名單上看到你的名字。」

「我知道。」我說，感到心裡升起一股恐慌。「他不知道我們要來，可是我剛剛說了，他是我爸爸。」

他透過厚厚的眼鏡瞪著我：「除非名字有在訪客名單上，否則我不能放任何人進去。」

我再也忍不住尖叫道：「我是他兒子！我必須要見我爸爸！」

計程車司機低下頭，我想他大概是被我突然的喊叫聲嚇了一跳。

停車場警衛又再檢查了一次他的寫字板，然後拿起電話：「我會試試看聯絡他。」他看了我一眼：「再說一次，你叫什麼名字？」

我咬牙切齒說道：「路克・哈里森。」

他在電話上按了一些號碼，然後聽了一會兒，接著把頭伸出了警衛亭說：「沒有人接電話。」

我一時氣結：「你不能讓我們進去嗎？」

這句英文怎麼說？

我的心怦怦直跳。

My heart was pounding.

「對不起，我可能會被開除。必須在訪客名單上才能進去。」

「但是我們只是小孩子！」我大聲說。「你一定……」

他搖了搖頭：「對不起。說真的，我真的很抱歉。」

22.

凱莉、賈馬和我坐在車裡盯著警衛。我眞不敢相信會發生這種情況，其他警衛都認識凱莉和我，因爲我們總是和爸爸一起來。

太誇張了，我們就快到了……

這時，賈馬突然開口說話。他越過座位低聲對司機說：「問警衛能不能讓你開進去掉頭。」

我花了幾秒鐘才弄明白賈馬在想什麼。在我旁邊的凱莉突然緊張得坐直，她也明白了。

警衛指揮司機開進停車場：「只要繞一圈然後轉回來。」

這句英文怎麼說？

這棟建築裝潢得非常具現代感。

The building was very modern looking.

司機點點頭。他把車開進停車場，繞了一個大圈，然後停在辦公室的側門。

「快點，趁他還沒發現你們。」他說。

凱莉、賈馬和我跳下車。我們看著他開走，然後偷偷從側門溜進去。

賈馬翻了個白眼：「這也太簡單了。」

我在長長的走廊四下張望，不過沒看到任何人。這棟建築裝潢得非常具現代感——明亮的藍色及黃色牆壁、高大的青銅雕塑、玻璃的辦公室門，還有充沛的陽光從高處的氣窗照入。

「是這個方向。」我說，很確定我能找到爸爸的辦公室。我們必須先找到爸爸的秘書杜文小姐，因爲她知道爸爸拍片的地方。我們開始小跑步，鞋子在硬地板上砰砰作響。

我們經過一些大型海報，都是爸爸在這裡拍攝的電影：《八百磅大猩猩》、《章魚怪與魷魚姬》、《床底下的生物》……

「這些好棒喔！」賈馬停下來欣賞《大顎水母》的海報。「我沒看過那部電影。」

我輕輕地推了他一下。

「繼續走。我們必須找到爸爸，記得那個瓦斯罐小麻煩嗎？」

兩名身穿牛仔褲和馬球襯衫的年輕人經過我們前面的走廊時，我們不得不急忙停下腳步，不過他們兩人都在說話，揮舞著手裡的紙張，根本沒看見我們。

這時候我才意識到自己的心跳很快。我走的方向是正確的嗎？

我聽到左邊的辦公室傳來女人的笑聲。

「快點。」我輕聲說。

我們跑過辦公室，經過一個轉彎，眼前所見瞬間很眼熟。我們面前是個八英尺高的巨大金色奧斯卡獎座，一隻毛茸茸的大猩猩手臂從獎座頂端伸出，迎接所有來到片場的訪客。

我知道爸爸的辦公室就在雕像另一邊，我已經可以看到走廊盡頭那扇雙層玻璃門，我拔腿就跑，聽到凱莉和賈馬緊跟在後。

我一把推開玻璃門衝了進去，杜文小姐不在位子上。爸爸的辦公室就在她的辦公桌後面，而且門是打開的。

這句英文怎麼說?

我們必須在木偶做壞事之前趕到攝影棚。

We have to get to the set before the dummies do their dirty work.

我繞過杜文小姐的桌子，把頭伸進爸爸的辦公室。爸爸的辦公桌上堆了高高的文件，大部分都是劇本。牆上的相框裡，小時候的凱莉和我在照片中對著我們張嘴大笑。

「我們必須在木偶做壞事之前趕到攝影棚。」我說。

「可是我們要怎麼找到那個地方？」賈馬問道。

「等等，我想我知道位置。」我說。「我認爲它在那棟看起來像飛機庫的巨大建築物裡，就在這些辦公室後面。」

於是我一馬當先再次狂奔起來。我必須承認，我平常沒有花很多時間在跑步上，我沒有參加任何運動社團，也並不喜歡慢跑或跑步，所以這樣跑來跑去的讓我氣喘吁吁。

除了腿上的肌肉開始痛，肚子旁邊也痛得厲害。

可是，我知道我們可能快沒時間了，我們必須盡可能趕快找到爸爸。我們轉進另一條長廊，可以通向這棟大樓的後面。

在一間會議室的長桌旁坐著大概八、九個人，我們跑過去的時候，他們全都轉過頭來看。

「那些孩子是什麼人?」我聽到某個女人在問。

我沒有聽到回答,因為凱莉、賈馬和我已經推開門,跑到大樓後面的空地。越過寬闊的廣場上,可以看到一棟褐紅色的機庫式建築物。幾個男人正在把一個高架的懸吊式麥克風從前門搬進去,入口一側有一些人正在交談,還不時揮舞手中的劇本。

在我們面前是一整排的白色拖車。

我知道演員們在沒有戲份的時候,會待在自己的拖車裡,也知道有一些拖車是屬於化妝師以及技術人員的。

快到了。我心想。再過幾秒鐘,我們就可以進去攝影棚,可以跟爸爸說瓦斯罐不見的事,也許因此拯救了所有人的生命。

「往這邊。」我示意凱莉和賈馬跟上,他們兩個也都在大口喘氣。當他們看到那棟巨大的建築時,可以從他們的表情上看出他們都很緊張。

當我們開始穿過一排排的拖車時,聽到一個聲音:「嘿,站住!」

這句英文怎麼說？

我暈頭轉向。

My brain was spinning.

我嚇得倒抽一口氣，轉身就看到兩個穿著深色制服的警衛朝我們走來。

「是停車場的那個人。」賈馬脫口而出。「一定是他通報他們的。」

「站住！別跑，孩子們。」

「你們不能待在這裡！」

那兩個人開始加快奔跑的速度。

我們溜到兩輛拖車之間，在那裡他們看不到我們。

我們必須逃走，必須找到爸爸。我們沒有時間應付這些警衛。

我暈頭轉向，根本沒辦法思考，也沒有時間可以思考。

我跑上短短的階梯，拉開其中一輛拖車的門，我們三個跌跌撞撞進拖車裡。

23.

賈馬用力關上身後的門。

拖車裡面很暗，因爲唯一的窗戶被窗簾遮住。

有人在嗎？除了自己急喘的呼吸，我聽不到其他的聲音。我感覺心臟剛剛快跳到嘴巴裡，幾乎無法呼吸。

我們三個人就這樣站在黑暗中一動也不動。我們傾聽著。聽著拖車外警衛的叫喊聲。他們從門外跑過，我能聽到他們在人行道上沉重的腳步聲。終於，他們的叫喊聲越來越弱。

直到確定他們已經離開，我們才動起來。我在牆上摸索著找到了電燈開關，

這句英文怎麼說?

一陣突如其來的怒意讓我渾身發熱。

A burst of anger made me feel hot all over.

然後打開一盞天花板燈。

這裡沒有其他人。拖車裡有兩把帆布導演椅，矮桌上放著六瓶水，牆邊有一個迷你冰箱。地板上堆了一疊書，旁邊有個紅色的金屬便當盒，還有一盤餅乾和一碗水果。

「糟糕！」

最先看到他們的，是凱莉。

我聽到她的叫聲後迅速轉身，然後我也看到了。

那兩個木偶，史賴皮和史奈皮。他們被掛在牆上的大鉤子上，手臂和雙腿無力地下垂，連頭也低垂著，因此我們只能看到他們黑色的頭髮。

「這裡是收納他們的地方。」賈馬說。

「我們很幸運。」凱莉說。「也許我們可以讓他們開口說話。」

一陣突如其來的怒意讓我渾身發熱，我忍不住大聲怒吼。我們終於找到這兩個邪惡的麻煩製造者。

我撲向前抓住左邊的木偶，用力把他從掛鉤上拉下來。我把木偶的頭轉過來，看著他的眼睛。眼睛是綠色的，他是史賴皮。

我氣得失去理智，抱住木偶的腰部，用盡全身的力氣狠狠搖晃他。

「快說！」我尖叫道。「現在就告訴我們。你把瓦斯罐放在哪裡了？說話呀！」

史賴皮的腦袋被我搖得前後晃動，木質眼皮也被甩得一下張開一下關閉的，兩條腿好像在空中跳著狂野的舞蹈，隨著我這樣那樣猛烈的動作瘋狂地搖盪。

「說話呀！」我尖叫道。「它在哪裡？」

木偶的頭部毫無生氣地彈跳。它沒有說話。

凱莉往前一跳抓住史賴皮的頭，她把它扭過去直視他的眼睛，說：「我們知道你拿走了瓦斯罐，而且還知道你正在策劃一件可怕的事情。告訴我們它在哪裡，史賴皮。」

木偶的眼睛茫然地盯著她，嘴巴沒有移動。

我抓著木偶的腳用力一甩，他的頭撞到拖車牆上，發出好大的聲響。「告訴我們！」我大叫。

這句英文怎麼說?

你不希望他傷害無辜的人，對吧？
You don't want him to harm innocent people, do you?

史賴皮依舊癱軟且沉默不語。

「他不會告訴我們的。」賈馬說。「讓我們試試另一個木偶。」

他把史奈皮從掛鉤上取下，把木偶放在面前。「史奈皮，你是兄弟兩個之中善良、講道理的那個，你一定要告訴我們史賴皮藏瓦斯罐的地方。」賈馬說。

一片安靜。

木偶在賈馬手上軟趴趴地，鞋子不時拍打在地板上。

「快點，史奈皮。」凱莉不死心道。「你必須阻止史賴皮。你不希望他傷害無辜的人，對吧？」

沒有反應。

我又搖晃史賴皮。「你打算說話嗎？」

「我知道你們兩個不想讓我爸分開你們。」凱莉對史奈皮說。「但是你不想讓史賴皮炸掉整個片場，對吧？」

我們毫無進展。這兩個木偶表現得就像沒有生命的傀儡。可是我們知道眞相，我們知道他們會說話，而且我們知道他們拿走了瓦斯罐，把它藏在某個地方。

我非常生氣，同時又害怕又沮喪。我開始扭史賴皮的手臂。「感覺怎麼樣？你能感覺到嗎？會痛嗎？」

凱莉抓住我的手：「住手，路克。這麼做沒用。我們必須找到爸爸。」

拖車門打開時發出的響聲把我們三個人嚇了一大跳，史賴皮從我的手中掉了下來，在我腳邊蜷縮成一團。

一束明亮的陽光從開啓的門縫照進拖車裡。

「是警衛。我們被抓到了！」我低聲說。

24.

走進拖車的年輕人看起來不像是警衛。他戴著一頂道奇隊棒球帽，下面露出黑色的捲髮，留著黑色鬍子，戴著銀色太陽鏡。他穿著寬鬆的牛仔褲，紅黑相間的法蘭絨格子衫沒有扣上，裡面是一件黑色T恤。

當他看到我們三個人時，嚇得張大了嘴。他脫下太陽眼鏡，盯著我們看了一會兒。「你們是誰？在這裡做什麼？」他質問道，聲音柔和又低沉。

「這是我爸爸的製片廠。你有看到他嗎？」我說。

他揉揉鬍子說：「沒有，我才剛到這裡。不過你還沒回答我的問題。」

「說來話長。」我說。「這些木偶……」

這句英文怎麼說？

說來話長。

It's a long story.

「你是誰？」凱莉打斷我。「這是你的拖車嗎？」

「算是吧。」他回答。「我叫德里克，我是個偶戲師，由我來操縱這兩個傢伙表演。」

「他們不需要偶戲師。」賈馬插嘴道。「他們自己會走路和說話。」

「哈，眞有趣。」德里克說。

「不，我們是說眞的。」凱莉說，手中仍然抱著史奈皮。「我們可不是在開玩笑。」

「我想我看過一些類似這樣的恐怖片。」德里克說。「你有沒有看過鬼娃系列的電影？還是你們太年輕了沒看過？」他彎下腰從地板上撿起史賴皮。「你不應該玩這些東西，他們告訴我這兩個木偶非常珍貴。」

我抓住德里克的手臂說：「聽我說，我們跟你說的都是實話。這些木偶是活的，他們非常危險。」

他對我笑了。「謝謝你的警告，老兄。我會小心的。」然後他大笑起來。

我沮喪地嘆了口氣：「德里克，你有沒有在哪裡看到一罐瓦斯？」

這句英文怎麼說?

謝謝你的警告，老兄。
Thanks for the warning, dude.

他摸了把鬍子說：「沒有。我說了我剛剛才到，我是直接從停車場過來的。」

他把史賴皮舉到面前說：「聽著，孩子們。這一切都很有趣，但是你們該離開了。我兩點鐘有一場戲，必須先跟這兩個傢伙排練。」

我們正朝拖車門走去。我們無法說服德里克，讓他相信我們所說關於史賴皮和史奈皮的真相，也沒辦法讓他相信即將會發生多大的麻煩。

賈馬推開門跳下樓梯，凱莉緊跟在後。

我正走到門口準備離開，當我轉過身，只見史賴皮抬起頭，他眨了一下綠色的眼睛，直直盯著我看，然後他張開嘴巴悄聲說：「砰！」

25.

我們穿過一排排的拖車。我不停地東張西望，注意看是否有警衛出現。這個時候，中午的太陽高高掛在天空，空氣中一絲微風也沒有，我的額頭上布滿汗水，一滴滴往下流到眼睛裡。

「停下來。」我低聲說。就在褐紅色的片場大樓旁邊，有兩個身穿深色制服的警衛，正在自助餐桌邊把三明治夾到自己的餐盤上。

一輛高爾夫球車上載著三名穿著淺色套裝的年輕女人，車子在大樓入口處停下後，她們陸續下了車和門口的警衛說話。

「我們必須進去那兒。」我說。「你們看，那個紅燈亮著，表示他們正在拍

這句英文怎麼說?

我的額頭上布滿汗水，一滴滴往下流到眼睛裡。

Drips of sweat covered my forehead and trickled into my eyes.

攝。」

「爸爸一定是在那裡面。」凱莉說。「你覺得門口的警衛會讓我們過去嗎？」

「如果妳告訴他妳是誰，也許他會。」賈馬說。

「如果我們告訴他是緊急情況……」我補充道。

轟隆！

爆炸的聲響嚇得我大叫。

我差一點腳軟，只好扶著拖車的一側讓自己站起來。

過了幾秒鐘我才意識到那不是爆炸，而是有人把一捆巨大的電纜線從卡車上卸下，纜線的金屬輪軸砸在地上時發出了震耳欲聾的聲音。

我示意凱莉和賈馬前進，儘管我的心臟還在狂跳不止。那兩個警衛已經拿著他們的三明治離開，只剩下一些人還在片場的入口處閒晃。

「裝作我們是在這裡工作一樣。」賈馬說。「好像我們知道自己要去哪裡一樣，也許就進得去。」

「不要說『也許』。」凱莉說。「我們已經浪費了很多時間，我們不知道還剩下多少時間。我們一定要進去。」

我們走過放著食物的長桌，就在我們距離片場大門只有幾步遠時，一名穿著深色裙子和亮藍色上衣的高挑金髮女人迅速擋在我們面前。

「嘿，你們這群小朋友在這裡做什麼？大衛請你們當今天的群衆戲的臨時演員嗎？」

「嗨，杜文小姐。」我一下子就認出她是爸爸的秘書。

我本來可以回答說「沒錯」，可是我不想騙她，因為我很喜歡杜文小姐。「我們……我們有事必須立刻見我爸爸。」我結結巴巴地說。

杜文小姐指了指紅燈說：「你們不能進去，他們現在正在裡面拍攝一場戲。」

「但這是攸關生死的事情！」凱莉大聲說道。

杜文小姐搖了搖頭，她的金色短髮在明亮的陽光下閃閃發亮：「如果打斷妳爸爸的這場戲，你們才真的是死期將近。」

「你不明白。」我說。「會有危險發生。我的意思是，我們都會有危險。我是說……」

這句英文怎麼說？

但這是攸關生死的事情！

But it's a matter of life or death!

杜文小姐舉起手機：「抱歉，孩子們，我必須接這通電話。」她把手機放在耳邊，然後轉過身走到大樓的另一邊去。

警衛不知何時不見了。

「我們走吧！」我大喊道。紅燈仍然亮著，可是我們別無選擇，這是我們的大好機會。

我深吸了一口氣，拉開高大的門。一陣震耳欲聾的噪音嚇得我大叫，是那種叮噹響的鐘聲，聽起來就像學校的火警鈴聲。看樣子，我們觸發了警報。

凱莉和賈馬跟在我身後一起溜進來，我聽到他們也嚇得驚呼出聲。

我在明亮的燈光下瞇著眼睛，耳邊都是尖銳的警報聲。「爸！爸！你在哪兒？爸？」

他不在。

26.

我用一隻手遮住眼睛。燈光實在太明亮了。

「爸？」

等我能看清楚後，只見有人站在一個布置成咖啡店的場景。四個青少年演員坐在攤位上，兩男兩女，此時他們四個人全都跳起來，在嗡嗡巨響的警報聲中摀住耳朵。

一個女人放下手中的寫字板轉身瞪著我們，工作人員紛紛遠離攝影機和收音設備，所有人都搖著頭互相大吼大叫。

賈馬、凱莉和我在門邊擠在一起，我知道這所有的騷動都是我們引起的，因

這句英文怎麼說？

你們破壞了今天的第一個好鏡頭。

You ruined the first good take of the day.

爲我們剛剛打斷了一場戲。

但是，我們要告訴爸爸的事情比這些重要得多。

如果他在這裡就好了！

然後，我看到他了。

爸爸從圓形聚光燈後面走出來，踩著重重的腳步走向我們。他一邊大步穿越片場，一邊揮動著拳頭。

他狠狠看著我們，臉上的表情比較像是困惑不解而非生氣。

有人去關閉了警報，有那麼幾秒鐘，巨大的機庫裡一片寂靜，接著好像所有人都同時說話。

「爸……」我說。

但是爸爸沒有給我說話的機會：「你們在這裡做什麼？你們破壞了今天的第一個好鏡頭。我告訴過你們不要來這裡，我沒打算讓你們出現在電影裡，記得嗎？」

「我們必須來一趟。」我大叫道，聲音出乎我意料的刺耳，迴盪在高牆內。「這次你一定要聽我們說，爸爸。」

「這一次，可能會有人受傷。」凱莉補充道。

爸爸拍了一下額頭：「先別說。你們是不是又編了一個瘋狂的木偶故事。拜託，不要跟我說你們又要講木偶的事情。」

賈馬清了清嗓子：「你應該給他們一個機會，哈里森先生。」

爸爸搖了搖頭：「我發誓，如果你要說是因爲那些木偶才毀了我的戲，我就要殺人了。」

我抓住爸爸的手臂：「你先聽我們說。我們沒瘋，而且也不傻。這不是開玩笑或編故事。」

「這是千眞萬確的。」凱莉說。「你必須相信我們。」

爸爸從我手中抽回手臂：「好吧，說吧。我給你們三十秒，然後我們要來談談你們惹的大麻煩。」

「你才是那個就要有麻煩的人。」我說。「那些木偶是活的，爸爸，不管你怎麼說。他們從車庫裡帶走了瓦斯罐。」

這句英文怎麼說?
賈馬清了清嗓子
Jamal cleared his throat.

「他們想破壞你的電影，哈里森先生。」賈馬說。「他們打算炸了這棟大樓，大家會受傷，甚至會有人死掉。」

「你必須相信我們。」凱莉懇求道。

爸爸雙臂交叉在胸前，他皺著眉頭看著凱莉、賈馬和我。「假設這些木偶眞的是活的。」他說。「爲什麼他們要炸毀我的片場？你能解釋嗎？」

「是的，我們可以。」我說。「因爲他們不想被你賣給不同的收藏家，他們不想分開。」

爸爸抓了抓鬍子說：「這是個非常好的恐怖片的故事點子。」

「可是，你現在相信我們嗎？」我問道。「你相信我們說的是實話嗎？」

他的怒容越來越深了。「不，我不相信你們。」他說。「我一個字都不相信。你們三個這次惹出這輩子最嚴重的麻煩了。」

我沮喪得發出哽咽的聲音。「但是……爲什麼，爸爸？」我喊道。

他搖搖頭：「因爲木偶沒有帶走瓦斯罐，是我。」

27.

寬敞的片廠裡到處有人走來走去，有的人正把燈光和音響設備移到定點，有的三三兩兩在排練、聊天或爭論，也有的站在周圍吃三明治，喝咖啡。

但是爸爸的話讓這一切都在一陣白色閃光中凍結在我面前。

我不知道愣愣地站在那裡多久，眨著眼看著我爸爸，試著理解他剛剛告訴我們的事……試著讓大腦重新開始運作。

最後，還是賈馬打破了沉默。「你……是你拿走了瓦斯罐？」他結結巴巴地說。

爸爸點了點頭。「是的，是我拿的。我不放心瓦斯罐放得離房子這麼近，所

這句英文怎麼說？

最後，還是賈馬打破了沉默。

Finally, it was Jamal who broke the silence.

以把它移到車庫後面。」

我眨了幾下眼睛。我曾經聽過有人會因爲震驚而休克，我想應該就是這種感覺吧！

爸爸瞇起眼睛看著我說：「不是什麼木偶活過來，路克，也沒有什麼木偶打算陰謀對付我、炸掉片場。你現在明白，爲什麼我不相信你說的這些駭人的故事嗎？明白爲什麼我會氣你試圖愚弄我嗎？氣你們因爲某個瘋狂陰謀來這裡毀了我下午的這場戲？」

「我……我……」我一時說不出話來。我瞥了一眼凱莉和賈馬，看得出來他們和我一樣感到震驚和困惑。

「是我。」爸爸說。「是我移動了瓦斯罐。所以你應該可以理解，你們的故事有多麼荒謬了吧。」他抓了抓鬍子。「我眞的搞不懂你們三個人在想什麼，不過我稍後就會回家去，到時候我希望你們能道歉。」

「你現在打算怎麼辦？」我用微弱的聲音問道。

「當然是送你們回家。我準備了一輛轎車，司機會載你們回家，我不希望你們亂跑去別的地方。等我回家，我們要好好長談一番。你也是，賈馬。」

我嘆了口氣。好吧，好吧，我們是搞錯了瓦斯罐的事。也許這一開始是個瘋狂的故事，但是關於木偶，我們是對的。他們確實是活生生又邪惡，而且正在密謀對付爸爸。

我們是對的，爸爸錯了。

只是當我們被爸爸塞進轎車裡載回家時，不得不承認，無論我們用什麼方法，都沒辦法讓他了解眞相。

「他永遠都不會再相信我們了。」凱莉搖著頭說，眼裡含著淚光。「不管我們跟他說什麼，他都會想到木偶的事，然後就不會相信我們。」

「但是，如果我們能夠向你父親證明這些木偶是活的呢？」賈馬問道。

我用手撐著頭呻吟道：「要怎麼做？我們已經試過大概……一百萬次了，記得嗎？」

賈馬點點頭。

「只要他們覺得有需要，那些木偶隨時都會變成軟趴趴又毫無生氣的樣子。」

這句英文怎麼說?

我們完蛋了。
We're sunk.

凱莉說，「我們根本沒辦法向爸爸證明任何事。我們完蛋了，無藥可救了。」

回家的路上，我們全都悶悶不樂地不發一語。

明白自己的爸爸認爲你是個騙子，是一種很糟糕的感覺，這種事不需要我多說，大家都知道。隨著汽車沿著好萊塢丘駛向我們家，我不得不忍住眼淚，我覺得這輩子再也不會有比這個時候感覺更糟糕了。

我們經過院子前面的矮牆，車子轉彎開上嘎吱作響的碎石子車道，然後在通往前門的石板小徑停了下來。

我傾身越過座位向司機道謝。他頭上戴著帽子，所以我看不見他的長相。「有個美好的一天。」他說，並沒有轉過身來。

我們三個人陸續從後座下車時，陽光依然很明亮燦爛。石板小徑兩旁的花壇中，花兒隨風搖曳，熠熠發光。

我又嘆了一口氣，垂頭喪氣地抬腳朝屋子走去。

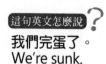

「往好的方面想，至少沒有人會在你爸爸的片場裡被炸飛。」賈馬說。

正當我要開口回話，車道傳來「喀」的一聲讓我住嘴。我嚇了一跳，迅速轉過身，正好看見黑色轎車後車廂的蓋子打開了。

「哦不！」我不禁發出一聲吶喊。從後車箱中坐起來的，是史賴皮和史奈皮。

轎車已經要從車道上開走，兩個木偶急忙從後車箱中爬了出來。等他們的腳落在碎石子上，車箱蓋猛然關上。他們的腿搖搖晃晃了一會兒才站穩。

當那輛轎車消失在山坡，兩個木偶步履蹣跚地向我們走來。

「你們不準備歡迎我們回家嗎？」史賴皮喊道。他仰頭大笑說：「現在，眞實的恐怖表演時候到了！」

這句英文怎麼說？

你為什麼這麼討人厭，史賴皮？
Why are you such a hater, Slappy?

28.

賈馬嚇得嘴巴大張。凱莉後退了一步，好像準備要打架一樣，把雙手舉在胸前。

「你們想要什麼？」我大聲問道。「爲什麼要跟著我們回家？」

「我們不喜歡你跟你爸爸提起我們的事！」史賴皮怒吼道。「還有……我們純粹就是不喜歡你！哈哈哈。」

史奈皮揮動手臂，用他的木頭手用力拍了史賴皮的肩膀。「你爲什麼這麼討人厭，史賴皮？」他問道。「你必須處理一下情緒控制的問題。」

「這就是我解決情緒控制問題的方式！」史賴皮大叫。他把兩隻手臂伸在胸前向前一跳，在我能移開之前跳到我背上。

「走開！」我尖叫道。

我試圖扭動身體把他甩掉，但是木偶用雙手抱住我不放。「噢！」我痛得大喊出聲，因爲他用頭重重撞了我的脖子後面。

我突然彎下腰，我跪在地上，我用力轉身，但就是沒辦法甩掉他。

我看到凱莉在尖叫，在她旁邊的賈馬縮著身體，驚恐得僵在原地。

史賴皮又給我來了一次頭槌，還用堅硬的木拳頭打我的臉。

「怎麼樣，路克！」他大喊道。「現在誰是笨蛋？」

他用力推了我一把，害我臉朝下在草地上跌了個狗吃屎。我一頭撞到地上，痛得不得了，又被他一拳打在我的脖子後面。

「住手，史賴皮。你知道我是不贊成暴力的！」史奈皮喊道。

接著，出乎我的意料，史奈皮彎下身體用兩隻手拉扯史賴皮，要把他從我身上拉開。

我感到史賴皮的手一鬆，於是趕快躲開。兩個木偶在草坪上跌成一團。我頭

這句英文怎麼說？

你知道我是不贊成暴力的！

You know I don't approve of violence!

昏腦脹地遠離他們，腦袋陣陣發痛。

兩個木偶終於不再糾纏再一起，急急忙忙站了起來。史賴皮用力推了史奈皮，大吼：「猜猜下一個寒冷的夜晚我打算做什麼？用你的頭當作柴火燒！」

「好了，好了，史賴皮。」史奈皮責罵道。「你明知道自己脾氣有問題。」

「我唯一的問題就是你——你這個軟弱的柴火！」史賴皮尖叫道。

史奈皮還來不及反應，史賴皮已經揮動拳頭朝他的頭打去，發出「鏗」的一聲巨響。

史奈皮腳步踉蹌往後退，身體一個不穩倒在草地上。他發出長長的呻吟，暈沉沉地搖晃著腦袋。

這時史賴皮大步走向他的雙胞兄弟，用他沉重的木鞋踢向史奈皮的頭，我和凱莉、賈馬都忍不住尖叫出聲。

史奈皮又呻吟了一聲。他躲開史賴皮再次踢來的腳，迅速爬了起來，跌跌撞撞向前，雙手抱住史賴皮的肩膀，將他壓制在地上。

我們三個人目瞪口呆地看著兩個木偶在地上翻滾，互相摔來摔去，用拳頭打，用頭槌，哀號或憤怒地尖叫。

「他們會把對方拆了！」賈馬雙手緊貼在臉上大聲說道。

說時遲那時快，史奈皮從史賴皮手中掙脫出來。他站起來抖了抖全身，然後拔腿就跑。

史賴皮也跳了起來，下巴上下開闔著，他大喊：「跑吧，你這個沒用的小鬼！我會把你砍成碎片！」

他跟在史奈皮後面追了過去，還一邊揮舞著拳頭。

「他們要去哪兒？」凱莉著急地問。

我們眼看著他們沿著屋子旁邊跑去。「來吧。」我說，開始追趕上去。

「我們是不是應該報警還是怎樣？」跑在我旁邊的賈馬問道。

我瞥了他一眼：「有沒有搞錯？打電話報警要說什麼？有兩個木偶在我們家後院打架？」

「他們要跑進車庫了！」凱莉用手指著說道。

我低下頭加快了腳步，迫不及待想知道這件事最後會怎麼收尾。

這句英文怎麼說？

離它遠一點！
Stay away from it!

令我驚訝的是，木偶到了車庫卻沒有進去，相反地，他們沿著車庫一路向後面跑去。

「哦，不！」我發出一聲高亢的哀號。「瓦斯罐！瓦斯罐就放在那裡！」

史賴皮在車庫後面終於趕上了史奈皮。他拉著史奈皮轉過身，一拳打在史奈皮的肚子，史奈皮則用雙手抓住他的頭拉下來，兩個木偶的頭撞在一起的聲音響徹樹林。

他們就在車庫的外牆邊打鬥，然後兩人一路跌跌撞撞，闖進車庫後面的院子裡。

「瓦斯罐！」我大叫道。「離瓦斯罐遠一點！」

我氣喘吁吁趕到車庫後面，一走過轉角就看到高大的瓦斯罐微微偏離了車庫的牆面。

「離它遠一點！」我嘶聲尖叫。「走開！」

但是那兩個木偶全副心意都放在對方身上，根本不聽我說話。

「哦，不！」我聽到凱莉在我身後發出的哀號，以及賈馬的喘息聲。

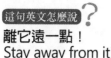

下一刻，我們三個人有默契地往院子旁低矮的樹籬笆撲過去，我們以籬笆作爲掩護，因爲心知肚明即將會發生什麼事。

我們眼見正在打鬥的木偶一路往瓦斯罐的方向前進，尖叫和呻吟此起彼落，拳打腳踢互不相讓，離瓦斯罐越來越近……越來越近……

當史賴皮把史奈皮抬起來，用盡全力將他往瓦斯罐甩過去，我們三個人不禁叫了出來。

我緊緊閉上眼睛，屏住呼吸。

瓦斯罐會爆炸嗎？

29.

果不其然，它爆炸了。

我先聽到瓦斯罐撞到地面時，發出的悶悶撞擊聲，接著是劈哩啪啦的聲音，就好像遠遠的天邊傳來的打雷聲一樣。

然後，雷聲再也不是遠在天邊了。它就在我們上方，接著它無處不在，震耳欲聾的轟隆聲讓我的耳朵發痛，地面也爲之震動，就連我們面前的樹籬笆都因爲受到衝擊抖動著。

我及時睜開眼睛，看到一片火海在車庫後方像巨浪般高高湧起。我感覺到一股強烈的熱氣撲到臉上，它像一陣強勁的熱風把我向後推倒在地。它呼嘯著掠

這句英文怎麼說？

我緊緊閉上眼睛。

I shut my eyes tight.

過，淹沒了我驚恐的尖叫聲。

我才剛剛抬起頭，就看到車庫整個炸開來。屋頂飛了起來，牆壁坍塌傾倒。車庫的屋頂旋轉著飛到空中時，我聽到刺耳的尖叫聲。

木偶們尖叫哀嚎著被轟到半空中，他們在爆炸中慌亂揮舞著手臂和雙腿，好像在游泳似的。

其中一個木偶飛得又高又遠，透過熊熊的火焰，我看到他飛越過樹林，往斜坡落下。

他看起來好像會一直在空中飛翔，不過，不到幾秒鐘的時間，他就消失在我的視線範圍內。

另一個木偶砰地掉落在我們家的草坪後方，在地上彈了兩下後就一動也不動了。

「車庫著火了！」凱莉的尖叫聲讓我回過神。

我仍然能感覺到臉上那股爆炸的熱氣。我轉向凱莉和賈馬問：「你們還好嗎？」

這句英文怎麼說?

火焰劈啪作響，還不時爆出火花。

The fire crackled and spit.

凱莉的臉頰紅通通的，頭髮都直立了起來。賈馬緊張得不停眨眼、吞口水，他從頭髮裡取出一根歪七扭八的木條。

火光在倒塌的車庫廢墟上舞動，除草用具在草坪上散了一地，一輛單輪手推車在游泳池裡載浮載沉。火焰劈啪作響，還不時爆出火花。

「打電話給消防隊！」我大喊道。我轉向房子——倒抽一口氣。

爸爸就站在車道旁邊。

我可以看到他的黑眼珠裡反映的火焰，他臉上極度憤怒的表情，是我從來沒見過的。

「爸……」我試著解釋。「你一定要相信我們……」

30.

他急忙趕到我們身邊問道：「你們還好嗎？沒有受傷吧？」

「我們沒事。」我說。

「只是受了一點驚嚇。」賈馬說。

凱莉揉了揉臉頰：「我的臉感覺好像被曬傷一樣。」

「哦，謝天謝地。」爸爸說著把我們三個人擁在懷裡。

然後他拿出手機說：「讓我打給消防隊，在火勢蔓延前趕快叫消防隊來。」

我一直等到他打完電話，把手機塞回口袋裡。有一部分還在燃燒的屋樑倒塌了，木板發出劈啪的聲響。

這句英文怎麼說？

我的臉感覺好像被曬傷一樣。

My face feels sunburned.

我深吸了一口氣說：「爸爸，我知道你不相信我們，但是我們真的沒有炸掉車庫。木偶……」

他舉起手示意我別說話。

「不，爸爸。」我抗議道。「你不能不讓我們說。是木偶撞倒了瓦斯罐，然後引發了爆炸。」

爸爸仍然舉著手。「我知道。」他說。

我們三個人都大喊。

「你說什麼？」凱莉問。

「我知道是木偶做的。」爸爸說。

我們全都盯著他。我鬆了一口氣。

「我決定跟著你們回家。」爸爸解釋道。「因爲那些關於木偶的瘋狂言論，我很擔心你們，以爲你們三個人陷在某種幻想世界裡。當我趕到這裡的時候，我看到木偶在打架。」

我倒吸了一口氣：「你看到他們了？」

爸爸點了點頭。「所以……」他揉揉鬍子，「於是我意識到我一直以來都錯了。我一直表現得像個混蛋，我應該一開始就相信你們的。」

我聽到遠處傳來警笛聲，消防車正在往這裡的路上。

火勢稍微小了一點，黑色的煙霧從悶燒的木板冉冉升起。

「我看到木偶互相扭打，想殺了對方。」爸爸繼續輕聲說道。「我實在是太震驚了，所以沒有阻止他們，而且也絕對沒想到他們打到最後，竟然會把我們的車庫炸成碎片。」

「我們試著要告訴你……」賈馬說。

爸爸點點頭。「我知道。我欠你們這些孩子一百萬個道歉，真的。」他露出開心的表情。「不過，別擔心，我現在就來處裡這兩個邪惡的木偶。」

「其中一個在爆炸時被炸飛了。」我說。

爸爸又點了點頭。「我知道，我看到他飛走的。滾得好。現在，我要來擺脫這一個。」

他伸手將木偶從草地上抬起來。

這句英文怎麼說?

他露出開心的表情。

His expression brightened.

「爸爸，你打算怎麼做?」我問道。

「把他扔進火裡。」爸爸說著朝劈啪作響的火焰走近了幾步。

「可是你說這些木偶很貴重。」凱莉說。

爸爸把木偶舉到面前說:「我不在乎。他們再怎麼貴重，也比不上信任我的孩子們來得珍貴。跟這個邪惡的東西說再見吧!」

他把木偶高舉過頭頂，準備將它拋入火海中。

「不，爸爸!」我大叫著抓住他的手臂。「等等!」

31.

爸爸舉著木偶的動作遲疑了一下：「怎麼了路克？有什麼問題嗎？」

「其中一個木偶是善良的。」我解釋道。「叫史奈皮的那個是好木偶。他一直都在試著讓史賴皮友好些。」

「路克說得沒錯。」凱莉插嘴說道。「如果這個木偶是史奈皮，你就不需要摧毀他，爸爸。邪惡的是史賴皮。」

爸爸把木偶拿到面前說：「你確定嗎？」

「是的，爸爸，我確定。真的，你可以相信我們。」

爸爸把手上的木偶轉過來仔細研究它：「好吧，你要怎麼分辨？他們完全一

這句英文怎麼說?

你要怎麼分辨?
How can you tell?

模一樣。你要怎麼辨別誰是誰?」

「很簡單。」賈馬開口說道。「史賴皮,邪惡的那個,有綠色的眼睛。善良的那個有黑色的眼睛。」

我們三個人都轉過身來看木偶的眼睛。黑色的。

「這是史奈皮。」我對爸爸說。「你不必燒掉他。他不錯,是好的那個。」

爸爸仔細看著木偶說:「既然是這樣……」

呼嘯而來的消防車在車道盡頭停了下來,所有警笛都發出高分貝的警示聲響,把鳥兒嚇得從樹上飛走了。身穿黑色制服、靴子或橡膠鞋的消防員從消防車上一躍而下。

爸爸把史奈皮塞到我懷裡,趕上前去迎接他們。「往這邊,大夥們!」他大聲喊道,用力揮著手。「往這邊!」

我看了一眼史奈皮。原本白色的襯衫領子被火燒成了棕色,外套其中一個袖口也被燒得焦黑,除此之外似乎沒有受到什麼傷害。

我把他帶回閣樓裡爸爸的恐怖博物館,讓他坐在玻璃展示箱上,我們三個人就這麼站著看他。

「史奈皮。」我說。「你還活著嗎？你聽得到嗎？」

史奈皮的下巴吵鬧地上下開闔，黑色的眼睛眨了眨。

「謝謝你們救我。」他說。「現在，我再也不需要假裝好人了。」

我不自覺嚥了口水：「假裝？」

他點了點頭說：「史賴皮覺得讓我愚弄你們很有趣，但是你知道當好人有多難嗎？不過現在他不在了，而我還在……而且，再也不用當好好先生。排好隊，奴隸們！當你的新主人跟你說話時，要立正站好！」

「可是……可是……史奈皮。」我結結巴巴地說。

「來開拍我們的新電影吧！」他大喊道。「應該給它取什麼名稱呢？《史奈皮一統天下》怎麼樣！」

哇嗚，伙計們。眞是爆炸性的結局，對吧？

我很遺憾沒有說再見就飛走了，甚至沒有人祝我「著陸快樂」！哈哈哈！

至少那些孩子成功地讓他們的無人機升空，可惜車庫的其他部分也跟著它一起飛高高了！哈哈。

好了，不用擔心我，奴隸們。

這些小事故還不足以讓我粉身碎骨，我很快就能重振旗鼓。

別以爲你可以逃離史賴皮。在你意識到之前，我就會帶著另一個恐怖的故事捲土重來。

記住，這裡是史賴皮世界。

你在這裡只能驚聲尖叫！

這句英文怎麼說

中英對照表

玻璃般光亮的橄欖綠眼睛回瞪著他。
The glassy olive-green eyes stare up at him.

他會施法，而他的法術都是邪惡的。
He could cast spells, and his spells were always evil.

你將永遠聽命於我。
You will obey me at all times.

男人們高舉著手槍示警。
Men raise their pistols high in warning.

邪惡日復一日地蔓延開來。
The evil spreads from day to day.

燒掉它！
Burn it!

火焰包圍了木偶。
The fire swallows the dummy.

他的肩膀微微顫抖。
His shoulders tremble.

我不是很擅長機械。
I'm not the mechanical type.

給賈馬一點空間。
Give Jamal some space.

我們要按照正確的順序來進行。
We do it in the right order.

你是在開玩笑嗎？
Were you joking?

怪物只有在電影中才會活過來。
Monsters only come alive in movies.

誰在操控你的繩子？
Who is pulling your strings.

這句英文怎麼說

中英對照表

不要對我那麼挑剔。
Don't pick on me.

他的藍色眼睛鎖定在我身上。
His blue eyes locked on me.

爸爸翻了個白眼。
Dad rolled his eyes.

我比較喜歡科幻電影。
I like sci-fi movies better.

他們也太值錢了吧！
They're totally valuable.

你爸很怪耶。
Your dad is weired.

我們快點離開這裡！
Let's get out of here!

不行！
No way!

我在裡面待到腿抽筋了。
I was getting a leg cramp in there.

不要那麼兇，史賴皮。
Don't be so harsh, Slappy.

不要強迫他們。
Don't force them.

小心！
Look out!

你很有想像力。
You've got a good imagination.

他毀了它。
He ruined it.

這句英文怎麼說

中英對照表

這件事並不容易。
That wasn't going to be easy.

那天晚上，我花了很長時間才入睡。
It took me a long time to fall asleep that night.

我張大嘴巴，開始尖叫。
I opened my mouth wide and began to scream.

我屏住呼吸傾聽。
I held my breath and listened.

你是瘋了嗎？
Have you totally lost it?

去把它拿來。
Go get it.

我聽話地舉起相機。
I obediently raised the camera.

給我來個美美的特寫。
Get a good close-up of me.

溫柔一點，史賴皮。
Be gentle, Slappy.

吹噓是不好的。
It isn't nice to brag.

這一幕還沒結束。
The scene isn't over.

他用力地看著我。
He squinted hard at me.

爸爸用腳趾頭又戳了一下木偶。
Dad poked the dummy again with his toe.

看看這個。
Check this out.

這句英文怎麼說

中英對照表

- 我把他拉進我房間。
  I tugged him into my room.
- 爸爸是真的想給這個人好印象。
  Dad does want to impress this guy.
- 你是認真的？
  Are you serious?
- 我發誓。
  I swear.
- 這太好了，不可能是真的。
  It's too good to be true.
- 重複一遍。
  Repeat it.
- 我代替他道歉。
  I apologized for him.
- 我別無選擇。
  I have no choice.
- 難道他一點也不相信你們兩個？
  Doesn't he trust you two at all?
- 我們必須想想辦法！
  We have to do something!
- 我來發簡訊給爸爸。
  I'll text Dad.
- 開進那個車道。
  Pull it to the driveway.
- 我的心怦怦直跳。
  My heart was pounding.
- 這棟建築裝潢得非常具現代感。
  The building was very modern looking.

這句英文怎麼說

中英對照表

我們必須在木偶做壞事之前趕到攝影棚。
We have to get to the set before the dummies do their dirty work.

我暈頭轉向。
My brain was spinning.

一陣突如其來的怒意讓我渾身發熱。
A burst of anger made me feel hot all over.

你不希望他傷害無辜的人，對吧？
You don't want him to harm innocent people, do you?

說來話長。
It's a long story.

謝謝你的警告，老兄。
Thanks for the warning, dude.

我的額頭上布滿汗水，一滴滴往下流到眼睛裡。
Drips of sweat covered my forehead and trickled into my eyes.

但這是攸關生死的事情！
But it's a matter of life or death!

你們破壞了今天的第一個好鏡頭。
You ruined the first good take of the day.

賈馬清了清嗓子。
Jamal cleared his throat.

最後，還是賈馬打破了沉默。
Finally, it was Jamal who broke the silence.

我們完蛋了。
We're sunk.

你為什麼這麼討人厭，史賴皮？
Why are you such a hater, Slappy?

這句英文怎麼說

中英對照表

你知道我是不贊成暴力的！
You know I don't approve of violence!

離它遠一點！
Stay away from it!

我緊緊閉上眼睛。
I shut my eyes tight.

火焰劈啪作響，還不時爆出火花。
The fire crackled and spit.

我的臉感覺好像被曬傷一樣。
My face feels sunburned.

他露出開心的表情。
His expression brightened.

你要怎麼分辨？
How can you tell?

這句俚語這樣說

中英對照表

① see double 眼花

double 這個形容詞是「雙倍的、兩個的」之意，而 see double 有「眼花」的意思。在這裡，史賴皮講這句話帶有雙關的意味，因為故事中出現了一個跟他長得一模一樣的雙胞胎兄弟，讓人乍看以為自己眼花，竟看到兩個史賴皮。

② pull the strings 操控

直譯為「拉繩線」，有看過傀儡戲的人都不難想像，傀儡是由人拉扯細線來操控其肢體，因此英文就用拉繩線來意指「操控」。

③ get one's hands on something 某人把某物弄到手

「把某人的手放在……上」，就是「把……弄到手；占為己有」的意思。

④ creep someone out 把某人嚇得半死；讓人毛骨悚然

creep 一字可當名詞也可當動詞，用於名詞，指的是「變態、陰陽怪氣的人」，而在本片語裡則當動詞用，creep someone out 就是「讓某人渾身不舒服、毛骨悚然」的意思。

⑤ take one's time （某人）慢慢來

指某人「不慌不忙，慢慢地把某事做好」，類似中文說的「從容不迫，不急不徐」的意思。

⑥ cramp one's style 限制某人的自由；礙手礙腳，讓人難以發揮

cramp 當動詞時，表「阻礙或限制」，當有人一直干涉你，讓你無法自由揮灑時，你可以說 Don't cramp my style.（不要妨礙我。）

⑦ sell it 讓人相信某事；說服某人

sell 在這裡不是「賣」的意思，而是表示「說服；使某人相信或聽信某事」。如果你被說服了，你可以說：**Ok. I'm sold.**（好吧，我被說服了。）
在故事裡，史賴皮要對方「演得像一點，讓人相信這是真的」，用的就是這個片語。

⑧ be/get on one's good side 取悅某人

「得到某人好的一面」，意思就是取悅對方；反之，**be/get on one's bad side** 就是「得罪某人」的意思。

⑨ be stumped 陷入困境；束手無策

stump 這個動詞有「難住、難倒」的意思，因此 **be stumped** 就是被難住，不知該怎麼辦的意思。

⑩ go wacko 瘋了

wacko 可以當名詞「瘋子」，也可當形容詞，表「發瘋的」。

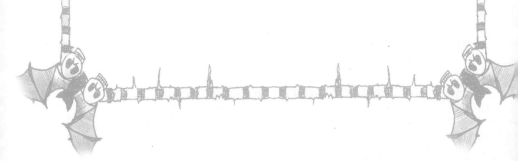

史賴皮系列叢書 03

史賴皮搞怪連篇 3：邪惡雙胞胎

原著書名── Slappy World:I Am Slappy's Evil Twin
作　　者── R.L. 史坦恩（R.L.Stine）
譯　　者──向小宇
企劃選書──何宜珍
責任編輯──韋孟岑

國家圖書館出版品預行編目 (CIP) 資料

史賴皮搞怪連篇 . 3：邪惡雙胞胎 / R. L. 史坦恩 (R. L. Stine) 著；
向小宇譯 . -- 初版 . -- 臺北市：
商周出版：家庭傳媒城邦分公司發行 , 民 109.08
176 面；14.8 x 21 公分 . -- (史賴皮系列；03)
譯自：I Am Slappy's Evil Twin
ISBN 978-986-477-880-5(平裝)
874.596　　109005986

版　　權──黃淑敏、翁靜如、邱珮芸
行銷業務──黃崇華、周佑潔、張媖茜
總 編 輯──何宜珍
總 經 理──彭之琬
事業群總經理──黃淑貞
發 行 人──何飛鵬
法律顧問──元禾法律事務所 王子文律師
出　　版──商周出版
臺北市中山區民生東路二段 141 號 9 樓
電話：(02) 2500-7008 傳真：(02) 2500-7759
E-mail：bwp.service@cite.com.tw
Blog：http://bwp25007008.pixnet.net./blog
發　　行──英屬蓋曼群島商家庭傳媒股份有限公司城邦分公司
台北市 104 中山區民生東路二段 141 號 2 樓
書虫客服專線：(02)2500-7718、(02) 2500-7719
服務時間：週一至週五上午 09:30-12:00；下午 13:30-17:00
24 小時傳真專線：(02) 2500-1990；(02) 2500-1991
劃撥帳號：19863813 戶名：書虫股份有限公司
讀者服務信箱：service@readingclub.com.tw
城邦讀書花園：www.cite.com.tw
香港發行所──城邦（香港）出版集團有限公司
香港灣仔駱克道 193 號超商業中心 1 樓
電話：(852) 25086231 傳真：(852) 25789337
E-mailL：hkcite@biznetvigator.com
馬新發行所──城邦（馬新）出版集團【Cité (M) Sdn. Bhd】
41, Jalan Radin Anum, Bandar Baru Sri Petaling,
57000 Kuala Lumpur, Malaysia
電話：(603)90578822 傳真：(603)90576622
E-mail：cite@cite.com.my

美術設計──王秀惠
印　　刷──卡樂彩色製版印刷有限公司
經 銷 商──聯合發行股份有限公司
電話：(02)2917-8022 傳真：(02)2911-0053

■ 2020 年（民 109）08 月 04 日初版
■ 定價 / 250 元

ISBN 978-986-477-880-5

Printed in Taiwan
城邦讀書花園
www.cite.com.tw

Goosebumps®
SlappyWorld

Goosebumps®

SLAPPYWORLD

Goosebumps®
SlappyWorld

Goosebumps®

SLAPPYWORLD